Wolfgang Kaus · Und es lohnt sich doch …

Für
Hannelore Helle
[illegible]
[illegible]

[illegible]

Juni 2016

Wolfgang Kaus

UND ES LOHNT SICH DOCH...

zu arbeiten
zu reisen
zu leben
seine Krankheiten zu l(i)eben
seine Stadt zu mögen

Zum 80. Geburtstag
von Wolfgang Kaus
am 23. Juli 2015

www.wolfgangkaus.de · mail@wolfgangkaus.de

Sonderausgabe zum 80. Geburtstag von Wolfgang Kaus am 23. Juli 2015
zu beziehen über stugrapho, Frankfurt am Main
Telefon 069-98959735 oder e-Mail info@stugrapho.de

Titelfoto: stugrapho, Frankfurt am Main
Layout: Dr. Henriette Kramer e. K., Oberursel, www.versvergnuegen.de
Gesamtherstellung: betz-druck GmbH, Darmstadt

Die Buchhandelsausgabe wird ausgeliefert über BoD-Books on Demand,
Norderstedt, ISBN 9783738616446

INHALT

ES LOHNT SICH DOCH NOCH
... zu arbeiten

DIE WEISSEN BLÄTTER

Ach ja, jetzt sitze ich schon wieder vor den weißen Blättern, überlege mir, was ich mir oder vielleicht auch anderen sagen will. Dann kommen die Gedanken, wen interessiert denn das, was dich beschäftigt, wen interessiert denn schon dein Leben oder deine Reflektion darüber, der Gedanke, bei sich selber

SOCIETÄTSVERLAG
WOLFGANG KAUS
MENSCHE GIBT'S,
ALL SIN SE ANNERS
EIN LEBENSBERICHT

aufzuräumen, kommt, durch das eigene Leben zu gehen und zu zeigen, was so alles in einem langen Leben passieren kann. Im Jahre 2007 habe ich mein erstes Buch geschrieben: „Mensche gibt's all sin se anners".

Wie entstand es? Ein Redakteur der FAZ, den ich bei einer Weihnachtsveranstaltung kennengelernt habe und dem ich ein bisschen aus meinem Leben erzählt habe, sagte mir: Warum schreiben Sie denn das, was Sie so erzählen, nicht mal auf? Darauf habe ich erwidert: Wen interessiert denn das?

Aber irgendwie hat es mich doch gereizt und ich sagte: Wissen Sie was? Ich gehe jetzt heim und fange an zu schreiben, was mir so einfällt. Und wenn ich, sagen wir mal, so 180 Seiten, vielleicht etwas weniger, geschrieben habe, dann komme ich wieder. So hat es angefangen.

Ich habe öfters in der Seniorenzeitung empfohlen oder bei Lesungen zu den Älteren gesagt: Wenn das Leben mal langweilig wird und man glaubt, jetzt kommt nichts mehr, wenn manche Freunde und Wegbegleiter schon gegangen sind und man überlegt, was man mit seinem Leben noch anderes anfangen kann, als immer vor der Glotze zu hocken und sich nicht mehr zu bewegen, dann setzt euch hin und schreibt auf, was euch so über das eigene Leben einfällt. Erzählt es euch selber und denkt dabei vielleicht an eventuell vorhandene Enkel, denen erzählt ihr es. Für die wird der Tag kommen, an dem sie gerne aus einer gelebten Zeit, die sie nicht mehr kennen, etwas wissen wollen.

Man sollte nicht gleich daran denken, seine Ergüsse zu veröffentlichen. Darum geht es nicht, aber sein Leben nochmal an sich vorbeiziehen lassen, was so alles passiert ist, wo man unterwegs war, wen man getroffen hat – man wird erstaunt sein, was einem alles wieder einfällt. Das hat vielleicht auch etwas mit dem Langzeitgedächtnis zu tun, sei's drum. Egal, das Hirn hat zu tun, man beschäftigt sich mit sich, aber man hat auch dann keine Zeit, sich über den Augenblick Gedanken zu machen. Die Wehwehchen, die jeder in diesem Alter hat, rücken auf einmal in den Hintergrund. Nichts ist schlimmer, als seine Lebenszeit bei den Ärzten zu verbringen. Ich rede jetzt nicht von Menschen, die schwer erkrankt sind, denen man helfen muss, für die man da sein kann. Die brauchen, wenn möglich, all unsere Zuneigung und Aufmerksamkeit. Dabei will ich aber beachten, dass eine Besprechung meines ersten Buches in einer Frankfurter Zeitung den Titel hatte: „Die Apologie eines Regisseurs“. Ich musste erst einmal im Duden nachgucken, was das eigentlich bedeutet. Also: Apologie ist eine Verteidigungsrede, eine Rechtfertigung. Das lag mir völlig fern, mein Leben zu rechtfertigen. Ich habe mein Leben so betrachtet, wie es war, und gleichzeitig bin ich etwas „bewundernd“ neben mir gestanden, um festzustellen: Das war doch ein tolles, zufriedenes Leben, wobei ich nie gedacht hätte, dass es solche Wege nehmen würde. Da ich aber immer noch ein gelehriger Schüler bin, höre ich auf das, was gesagt wird, und versuche, dem „falschen“ Eindruck, den man haben könnte, nicht neue Nahrung zu geben.

DIE VORGESCHICHTE FÜR DIE, DIE MEIN ERSTES BUCH NICHT GELESEN HABEN

Am 26. August 2002 habe ich in der Frankfurter Uniklinik fünf Bypässe bekommen. Danach macht man sich Gedanken, wie es weitergeht.

Habe ich noch ein lebenswertes Leben, oder muss ich ein Leben lang mit der „Behinderung" leben? Und wie lange noch … Man versucht, sich wieder in das Leben einzuklinken. Man spürt, es ist was geschehen. Ich jedenfalls hatte den Eindruck, man hat mir in meinem Herzen weh getan, mir andererseits aber auch das Weiterleben ermöglicht. Mein Vater ist mit 68 Jahren gegangen, nach drei Herzinfarkten – er hatte nicht die Möglichkeiten, die es heute gibt.

Vor meiner Operation war die Frage aufgetaucht: Lohnt es sich denn noch? Mein Herz war schon ganz schön lädiert. Das Problem ist ja nicht nur die OP, sondern vor allem auch: Wie verkraftet man die Narkose? Es war auch für die Ärzte ein Risiko, man ist es eingegangen, und ich kann feststellen: Es hat sich gelohnt. Dafür den Ärzten ein großes Dankeschön. Nach einer neunstündigen Herzoperation wurde ich bereits nach einer Woche aus dem Krankenhaus entlassen, dann für drei Wochen in die Reha geschickt.

An diese Zeit erinnere ich mich nicht so gerne. Man ist noch nicht so richtig in Form, die Kräfte kommen erst langsam zurück, man wird an einen Tisch gesetzt mit Leuten, mit denen man nichts zu tun hat, und was man da alles an möglichen Krankheiten erfährt, das kann man sich gar nicht vorstellen. Gleichzeitig ist es aber auch interessant, welche Schicksalsschläge manche Menschen verkraften müssen. Da sitzt eine Frau mir gegenüber, deren Mann sich umgebracht hat, der Sohn ist verunglückt, die Tochter drogenabhängig, und sie selbst hat's am Herzen. Was soll man da sagen? Mein anderer Nachbar hat seine Frau dabei, die blind ist und ebenfalls betreut werden muss.

Befreundete Ärzte haben mir in dieser Zeit geholfen, mir Mut gemacht. Erleichternd kam dazu, dass meine Verwandtschaft in Hofheim so nah war, meine Schwester Beate kam aus Kanada, das Theater mit Gisela Dahlem-Christ und Bärbel Christ-Heß kümmerte sich ebenfalls rührend um mich. Jutta W. Thomasius kam vom Bodensee. Ich fühlte mich durch die Außenwelt sehr geborgen, intern zog ich mich zurück und wartete die Zeit ab.

Ich war auch in einer Klinik, die von Menschen besucht wurde, denen ich im Leben selten begegnet bin – obwohl es ganz normale, liebenswerte Menschen waren. Nur wenn man noch nicht so richtig kann und selbst versucht, wieder seine Lebenskraft zurückzuholen, empfindet man natürlich alles viel schlimmer, als es tatsächlich vielleicht ist. Aber der Aufenthalt in der Reha hat mir geholfen und keine bleibenden Schäden hinterlassen.

DER ALLTAG HOLT EINEN IMMER WIEDER EIN
es braucht alles seine Zeit

Ich wusste damals nicht, dass mir noch viele lebenswerte Jahre bevorstanden, die ich weitgehend eigenverantwortlich gestalten konnte. Ich hatte das Privileg, mich ein Leben lang mit Aufgaben zu beschäftigen, die mir nah waren, und plötzlich erkennt man, dass alles seine Grenzen hat. Das will man dann nicht verstehen. Wie geht's weiter, auch mit dem Theater? Was ist mit all den Plänen?

Und jetzt waren Gisela und Bärbel in mein Zimmer in der Reha in Königstein gekommen, und ich merkte, wie sehr meine Fragen auch sie beschäftigten. Es war mir selbst klar: Es musste eine Lösung geben. Die beiden mussten ja an das Wohl des Theaters denken. Wenn Probleme in mein Leben kamen, habe ich sie relativ schnell begriffen und nicht so sehr gestrampelt. Natürlich war es mir nicht recht, dass Heinz W. Kraehkamp, der inzwischen leider nicht mehr lebt, das Stück „Der Glasschrank" des Darmstädters Heinrich Rüthlein inszenieren sollte. Aber was nützt es, wenn man spürt, dass die Kräfte nicht mehr oder noch nicht ausreichen? Auch über meine fünf Bypässe habe ich mir nicht viel Gedanken gemacht. Es gibt ja Menschen, die wollen ganz genau wissen, wie etwas abläuft, und unsere Medien geben auch auf alles eine Antwort. Und im Internet erfährt man vieles in allen Einzelheiten.

Manchmal ist es gar nicht so schlecht, nicht zu viel zu wissen. Zum Schluss ist die Meinung eines vertrauten Arztes doch noch mehr wert als alles andere. Ich habe mich immer darüber lustig gemacht, dass es eine schwierige Operation war, die neun Stunde lang gedauert hat. Während der Operation kommt das Herz in eine Herz-Lungen-Maschine, damit die Ärzte besser arbeiten können. Nach getaner Arbeit kommt das Herz wieder an seinen alten Platz, der Brustkorb wird zugenäht, und dann funktioniert es hoffentlich. Das war eigentlich das Einzige, was ich wusste. Was mich mehr beschäftigte war, dass meine beiden Schwestern, Brigitte aus Hofheim und Beate aus Kanada, die ganze stundenlange Operationszeit auf den harten Drahtstühlen in der Uniklinik ausgeharrt haben. Nichts konnte sie bewegen, nach Hause zu gehen, um dann dort zu erfahren, dass alles gut abgelaufen sei.

Aber was soll man gegen schwesterliche Fürsorge machen, man kann ja nur dankbar sein. Die zwei haben ausgehalten, bis ein Arzt kam und ihnen sagte, alles in Ordnung. Jetzt schläft Ihr Bruder erst einmal. Dann sind sie einigermaßen beruhigt nach Haus gefahren.

WIE GING ES WEITER

Was hat mir geholfen? Vor allem die Arbeit, die mir immer Freude gemacht hat und auch ein Lebenselixier für mich war. Und ich habe mir gesagt: Schaff was, dann geht es dir zumindest nicht schlechter.

Ich war ja seinerzeit seit zwei Jahren schon im so genannten Rentenalter. Ich hätte mich zur „Ruhe“ setzen können. Aber was mache ich dann? Ich kann heute die ganze Diskussion über die Rentenreform, erst mit 67 in Rente gehen und jetzt schon unter gewissen Voraussetzungen mit 63, nicht so ganz verstehen. Obwohl das für bestimmte Berufsgruppen natürlich verständlich ist.

Es gibt Berufe, bei denen ab einem gewissen Alter einfach die Kraft nachlässt. Viele Menschen haben auch oft einen Beruf zu erdulden, den sie gar nicht so recht wollten, der aber gebraucht wird zum Lebenserwerb. Dann gibt es aber auch Menschen, die noch mit all ihren Fähigkeiten und Erfahrungen, die sie einbringen können, arbeiten wollen. Es sollte doch jeder selbst bestimmen können, wann es ihm reicht. Aufhören, weil man ein bestimmtes Alter erreicht hat? Ich weiß es nicht. Doch zurück zu den Aufgaben. Ich hätte damals sagen können, so das war's, es langt, jetzt setze ich mich zur Ruhe. Was heißt denn das? Zur Ruhe setzen, auf einer Bank sitzen, den Sonnenuntergang allein oder, wenn noch möglich, zu zweit ansehen. Und am Wochenende an den Ständen der Wochenmärkte mit anderen Leidensgenossen die Weinstände bevölkern.

Das mag ja vielen Freude machen, auch die Langeweile treibt einen raus. Sonst sitzt man in seinen Schlappen und im Bademantel vor dem Fernseher – und die Frau bringt einem das Bier. Wichtig ist, und das habe ich ein Leben lang zu machen versucht, mit einer gewissen Disziplin den Tag zu gestalten.

DIE HUNDEGRUPPE AUS DEM GRÜNEBURGPARK UND WAS IST MIT BENJAMIN, ISOLDE, LIESELOTTE UND PAUL

Seit Jahren gehe ich mit einer Hundegruppe morgens um 7 Uhr in den Frankfurter Grüneburgpark, ich als Einziger ohne Hund. Meine Hündin „Toffie“, die mich viele Jahre begleitete, ist schon lange unter der Erde.

Und jetzt sind es Sparky, Otto, vorher Dayo, der immer Leckerli haben wollende Labrador Kuno, die quirlige Rommsy (eigentlich Romy) und manchmal auch Lily, der Irrwisch. Bis vor ein paar Monaten war auch die Dalmatinerhündin Cora dabei.

Nicht vergessen darf ich Benjamin und Isolde mit Tochter Lieselotte, meine Raben. Paul ist neuerdings auch dabei. Ich weiß gar nicht, wo der auf einmal herkommt. Wenn die Raben mich kommen hören oder sehen, und Benjamin, der Vater, unbeholfen hoppelnd, wie Raben sich nun mal auf der festen Erde bewegen, immer näher kommt und wenn ich ihnen dann meine mitgebrachten Erdnüsse zuwerfe, ist Vater Benjamin so frech und hackt die Nüsse wenige Schritte vor mir auf. Aber wenn ich dann seiner Frau Isolde, die ein Graurabe ist, er ein Schwarzrabe, eine Nuss zuwerfe, dann ist Benjamin sofort zur Stelle und versucht sie Isolde abzunehmen. Da ich immer für eine gewisse Gerechtigkeit bin, sorge ich dafür, dass jeder sein Teil bekommt. Interessant ist zu beobachten, dass der jüngste Rabe Paul, der verständlicherweise Scheueste, schon wegfliegt, wenn ich die Nuss werfe. Erst nach und nach schafft er es, eine Nuss zu erwischen. Anfangs hat man gemerkt, dass die Mutter noch für das Wohlergehen zuständig ist und dass der junge Paul erst noch lernen muss, selbst für seine Nahrung aufzukommen. Aber letztlich nimmt keiner der Raben Rücksicht und versucht, dem anderen noch ein Teil der zerhackten Nuss zu klauen. Sie gehören zwar zusammen, aber jeder denkt auch nur an sich, ganz den Menschen gleich.

Der Gang in den Park ist für mich ein Programmpunkt für jeden Tag, den ich bis heute beibehalten habe. Er tut meinem lädierten Herzen gut. Ich sage immer: Die Hälfte meiner Kraft habe ich durch die täglichen Spaziergänge, die ich bei jedem Wetter mache, bei Schnee, bei Regen, bei Hitze, bei Schwüle. Ich bin immer pünktlich zur Stelle, und so fängt mein Tag immer mit frischer Luft an.

Hundegruppe: mit Otto, Kuno und Sparky

WIE MAN SEINEN TAG STRUKTURIEREN KANN ODER VIELLEICHT SOGAR SOLLTE

Danach hole ich mir meine Tageszeitungen, mindestens zwei, manchmal drei, die ich meistens am Kiosk um die Ecke hole, und genieße die schönste Zeit des Tages mit einem ausgiebigen Frühstück. Danach lasse ich mir eine gewisse Zeit zum Aufräumen, ich habe ja niemanden, der mir nachläuft und es in meinem Sinne richtet. Man glaubt ja nicht, was eine Einzelperson im Laufe eines Tages für ein Chaos hinterlässt, obwohl sie ständig am Aufräumen ist. Als Single hat man eben alles zu verrichten, man muss einkaufen, waschen, bügeln, für sich kochen, den ganzen Tagesablauf gestalten, was sonst vielleicht eine Ehefrau machen würde. Am Nachmittag gönne ich mir eine halbe Stunde zum Ordnen der Tagesereignisse im Büro.

Wenn ich nicht dieser Struktur folge, dann räume ich den ganzen Tag auf. Ich habe in der Wohnung immer etwas zu sortieren und so bin ich den ganzen Tag nutzlos beschäftigt. Und am Abend komme ich mir vor, als hätte ich dem „Herrgott den Tag gestohlen".

Aber mit meinen programmierten Aufgaben bin ich um 11 Uhr schon mit allem, was mir nicht gefällt, fertig und kann mich dann den Aufgaben widmen, die wichtig sind oder mir wichtig erscheinen. Nichts ist schlimmer, als wenn man einfach so in den Tag hinein taumelt, es so macht, wie es kommt. Wenn man aber eine gewisse Struktur einhält, hat man auf einmal viel mehr Zeit für andere, manchmal auch nutzlos erscheinende Dinge. Wenn die Struktur nicht mehr „von außen" kommt, muss man sie sich selber schaffen.

Noch war ich ja – nach meiner Operation – am Volkstheater, und als ich wieder einigermaßen zu Kräften gekommen war, wollte ich natürlich wieder loslegen. Es brauchte aber fast ein Jahr, um wieder so fit zu sein, dass ich inszenieren konnte. Die Nachwirkungen einer Krankheit brauchen immer mehr Zeit, als man meint. Man muss sich zur Genesung Zeit lassen. Ob's einem passt oder nicht. Viele Menschen, die ich kenne, wollen alle gleich wieder gesund sein, es ist ja verständlich, und sie meinen, es geht wieder weiter wie vorher. Und dann kommt die Enttäuschung, dass die Knie, die Hüften, der Rücken doch ihre Zeit brauchen, um wieder wie früher zu funktionieren.

Man sagt, alles sei machbar. Ja, es hat sich viel getan bei den Operationstechniken, oft geschehen Wunder, und doch wird immer nur ein Schaden begrenzt. Ich glaube nicht an die absolute Heilung. Ich bin mehr dafür, dankbar zu sein, dass man zum Beispiel keine oder weniger Schmerzen hat als früher. Ich meine, alles, was man heute „reparieren" kann, bringt nur selten den Urzustand zurück. Es gibt Erleichterungen, mit denen man dann besser leben kann. Knieoperationen scheinen ja wohl das Schwierigste zu sein – und wie viele leiden danach. Es dauert alles seine Zeit. Ein paar Pfunde weniger helfen manches zu vermeiden. Aber auch das ist schwer: auf Genüsse freiwillig zu verzichten. Ich möchte nicht richten, aber ich weiß es aus eigener Erfahrung mit meinem Herzen. Ich stelle mir immer einen Fünf-Pfund-Korb voller Erdbeeren vor – sprich Fett –, den man mit sich herumschleppt. Den nicht mehr zu haben, würde dem Herzen und den Knochen gut tun.

Da fällt mir spontan ein Satz ein, den die Mutter eines Schauspielers, selbst Ärztin, mal nach einer Premiere in Köln gesagt hat. „An Knochenschmerzen stirbt man nicht, es tut nur weh." Da ich selten unter Knochenschmerzen leide, aber halt mit einem strapazierten Herzen lebe, stellen sich für mich andere Anforderungen.

WAS NACH DER REGENERATIONSPHASE NOCH GESCHAH

An konkreten Aufgaben standen an: „Der Diener zweier Herren" von Carlo Goldoni und „Der verkaufte Großvater" von Anton Hamik. Es gab auch noch die Ehrenplakette der Stadt, die mir unsere damalige Oberbürgermeisterin Petra Roth im Volkstheater vor 400 Menschen jedweder Couleur überreichte. Ich hielt eine Dankesrede, die ich heute noch für unmöglich halte, nicht wegen des Inhalts, aber wegen der Dauer: Fast 45 Minuten redete ich und erzählte dem Publikum so lebendig und anschaulich, wie es mir möglich war, meine damaligen Empfindungen – und keiner ging. Heute würde ich das alles kürzer fassen, weil mich ja inzwischen auch bei anderen Ehrungen die Langatmigkeit langweilt. Man hört nicht mehr zu, erst recht nicht, wenn die Laudatoren und Preisträger bei schlechter Tonanlagequalität nicht immer verständlich sind. Da habe ich es einfacher, denn wir Schauspieler sollten auch ohne Mikrofon reden können.

Ich hatte als Aufhänger meiner Ansprache genommen, da ich kurz zuvor einen Fernsehbericht über die Berliner Philharmoniker gesehen hatte, die unter Leitung von Simon Rattle im Theater Herod Attikus auf der Akropolis in Athen gewesen waren, dass der Raum sehr wichtig ist, und ich erinnerte mich an den Cantatesaal, der mir in den vergangenen Jahrzehnten zur Heimat geworden war.

Ich habe schon vor meiner Volkstheaterzeit dort das legendäre „Modern Jazz Quartett" erlebt, Ernst Bloch, den Philosophen, gehört und sein „Prinzip Hoffnung" zu verstehen versucht, und schließlich war dort das Kommunale Kino zu Hause.

Den Stoltze-Preis bekam ich auch noch. Darüber habe ich mich besonders gefreut, denn es war mir ein großes Anliegen, das Werk von Friedrich Stoltze immer wieder neu zu entdecken und es nicht vergessen zu lassen. All das, was nach der Herzoperation geschah, habe ich in meinem ersten Buch schon geschildert. Dort kann, wer will, es jederzeit nachlesen.

Lesung mit Hans Zürn

DAS ENDE MEINER VOLKSTHEATERZEIT

2007 war ein wichtiger Einschnitt in meinem Leben. Nach 33 Jahren und 130 Inszenierungen habe ich das Volkstheater Frankfurt Liesel Christ verlassen.

Es gab viele Missverständnisse. „Kaus muss gehen" – damit tauchte ich zum ersten Mal im Nachrichtenblock des HR auf. Und: „Kaus wurde nicht wiedergewählt". Fakt war, ich hatte mich gar nicht mehr zur Wahl gestellt. Widerrufe und Berichtigungen sollte man sein lassen. Lieber eine Falschmeldung erdulden, als sie richtigstellen. Es kommen immer neue Irritationen auf.

Viele haben sich ihre Gedanken gemacht, was wohl hinter diesem Einschnitt stecken mochte. Nichts steckte dahinter, außer vielleicht einige Befindlichkeiten, die eskalierten. Ich möchte nicht noch einmal darauf eingehen, das habe ich in meinem ersten Buch ausreichend erzählt. Was geblieben ist: die Erinnerung an eine wunderschöne Zeit, in der die angenehmen und schönen Dinge überwogen.

Letztlich war der Zeitpunkt für mich richtig, manches begreift man erst etwas später. So konnte ich mich noch einmal neu orientieren. Das damals für mich Wünschenswerte wäre gewesen, noch dabei zu sein, den anderen aber Raum zu lassen, den Spielplan noch mitzugestalten, ab und zu noch mal ein mir am Herzen liegendes Stück zu inszenieren.

Das aber war nicht gewollt. Es wurde auch gleich ein Nachfolger gefunden und mit Freuden aufgenommen. Vollmundig wurde verkündet: Jetzt setzen wir wieder an dem, was Liesel Christ wollte, an. Das hat mich am meisten verletzt, denn ich habe nichts anderes getan als das, was Liesel Christ wollte, 16 Jahre lang fortgesetzt. Mit der Unterstützung aller habe ich das Erbe weitergetragen. Nicht ich allein, dazu gehören alle, aber wir haben es gemeinsam im Sinne von Liesel Christ getan. Ich habe mich dann noch einmal ganz persönlich bei allen bedankt, die mir zugetan waren. Vor allem beim Publikum, das mir bis heute noch die Treue hält.

Liebe Freunde,
liebes Publikum,
am 31.12.2007 möchte ich meine offizielle Tätigkeit am Volkstheater nach 33 Jahren beenden. Im Sommer 1974 habe ich im Dominikanerkloster angefangen. Ich konnte mich mit den großen Dichtern befreunden und ihre Werke unserem Publikum näherbringen. 130 Stücke habe ich inszeniert, viele Literaturprogramme von Stoltze bis Kästner, Tucholsky, den Nachbarn Goethe nicht vergessen, dem ich mich in herzlicher Zuneigung verbunden fühle, habe ich zusammengestellt. Ralf Bauer, Tony Marshall habe ich zum Theaterspielen bringen können, Heinz Schenk, Lia Wöhr, Margit Sponheimer, Dieter Henkel, Sibylle Nicolai waren prominente Gäste, die vielen Kollegen, stellvertretend Hans Zürn und Walter Flamme, haben mich dabei unterstützt. Unzählige Male waren wir in Israel. Auch die Medien haben meinen Weg freundlich begleitet. Ich möchte allen Dank sagen für eine großartige Zeit. Dank vor allem Liesel Christ, die es gewagt hat, mir das zuzutrauen, wovon ich noch gar nichts wusste. Ich war mit Freude und Leidenschaft bei der Sache. Ich gehe dankbar und zufrieden, fühle mich weiterhin dem Volkstheater freundschaftlich verbunden. Ich möchte eine offizielle Zäsur setzen, und dann wird man sehen, ob der Herrgott mir noch die Kraft gibt, ein wenig von dem zurückzugeben, was die Stadt Frankfurt und das Publikum mir gegeben hat.
DANKE!!!
Ihr
Wolfgang Kaus

„VERGILBTES ZEUG, DAS DIE ALTEN AN IHRE JUGEND ERINNERT"

Ich habe in meinem ersten Erinnerungsbuch über all die Stücke geschrieben, die wir nach dem Tode von Liesel Christ aufgeführt haben, und die Liste kann sich sehen lassen – sie macht einem „literarischen" Volkstheater alle Ehren. Umso mehr traf mich, wie gesagt, der Vorwurf nach meinem Abschied, dass man endlich wieder zu dem zurückkehren solle, was Liesel Christ gewollt habe.

In einer Diskussion im Holzhausenschlösschen wurde über die Zukunft des Volkstheaters gesprochen (auf dem Podium saßen Dr. Felix Semmelroth, Peter Iden, Karlheinz Braun, Eva Demski und ein Herr Waller aus Hamburg vom St. Pauli Theater, der erfolgreiches volksnahes Theater in Hamburg macht, aber unter ganz anderen Bedingungen, die mit Frankfurter Verhältnissen nichts, aber auch gar nichts zu tun haben. Dort arbeiteten Stars wie Ulrich Tukur und Regisseure wie Peter Zadek. Michael Hierholzer von der FAZ leitete die Veranstaltung), und mich hatte man eingeladen. Vielleicht dachte man, ich würde die negativen Erfahrungen, die mir zugeschrieben wurden, öffentlich ausbreiten. Aber das habe ich nicht. Ich wollte mir auch meine 33 Jahre am Volkstheater nicht schlecht machen lassen. Und ich war der Einzige, der für das Volkstheater eintrat, obwohl ich schon nicht mehr dabei war. Alle waren der Meinung, es bedürfe einer Erneuerung. Dem ist ja nicht zu widersprechen – aber eine erfolgreiche Zeit nach Liesel Christ –, mit Stücken von Bert Brecht, Max Frisch, Goethe, Shakespeare, Thornton Wilder, Gogol, Kleist und vielen anderen herausragenden Autoren so abzutun, wie es geschah, fand ich schon sehr verletzend.

Ich zitiere einen Satz aus jener Diskussion: „Vergilbtes Zeug, das die Alten an ihre Jugend erinnert." Na und! Zumindest ist es Aufgabe eines Volkstheaters, auch die zu bedienen, die sich erinnern wollen. Man kann auch nicht eine ganze, immer größer werdende Bevölkerungsgruppe von ihren kulturellen Bedürfnissen ausschließen. Das hat nichts mit natürlich nötigen Veränderungen zu tun. Aber so ist es nun mal, wenn man irgendeine neue Idee kreieren will: Dann muss erst einmal das Alte schlecht gemacht werden, um dann brillanter da zustehen. Aber diese ganze Zeit abzuqualifizieren mit dem „Vergilbten Zeug ...“, das ging wirklich nicht.

Und dann fiel am 25. Mai 2013 für immer der Vorhang im Volkstheater.

Liesel Christ und Pit Krüger in „Mutter Courage....“

MEIN EPILOG AUF DAS VOLKSTHEATER

Frankfurt wird wieder um eine Identifikation ärmer. Wieder verschwindet eine Institution. 33 Jahre durfte ich die Idee von Liesel Christ, kein volkstümelndes Theater, sondern ein volksnahes Theater zu machen, mitgestalten. Über viele Jahrzehnte ist es dem Theater gelungen, Bevölkerungsschichten ins Theater zu holen, die sonst nie ins „große" Theater gehen würden. Hilmar Hoffmanns „Kultur für alle" wurde hier umgesetzt. Liesel Christ holte mich 1974 nach Frankfurt, und wir entwickelten gemeinsam das „literarische Volkstheater". Goethe, Molière, Goldoni, Shakespeare waren hier zuhause, ebenfalls die alten Frankfurter Stücke, wie „Alt Frankfurt", „Sturm auf die Konstablerwache", „Die Preußen kommen" und „Rendezvous im Palmengarten" sowie heutige Stücke wie „Schweisch, Bub" von Fitzgerald Kusz.

130 Stücke habe ich inszenieren dürfen, und ich bin Liesel Christ mein Leben lang dankbar, dass sie mir die Möglichkeit gegeben hat, an ihrem Lebenswerk teilzuhaben. Früher als ich erkannte sie meine Fähigkeiten und sie hatte Vertrauen.

Bei den Proben zur „Mutter Courage", wo uns oft der Mut verließ, ob wir uns nicht überforderten, sagte sie: „Wenn wir scheitern, scheitern wir auf hohem Niveau". Die „Mutter Courage" wurde eine der erfolgreichsten Aufführungen des Theaters.

Nach ihrem Tod 1996 glaubten wir, jetzt ginge es nicht weiter. Aber es ging weiter, dank des Publikums, das uns die Treue hielt.

Auch Liesel Christ wurde es nicht immer leicht gemacht, sie musste immer erneut um Anerkennung ringen. Gisela, die nach ihr die Geschicke leitete, Bärbel, die für das Technische zuständig war und ich verantwortlich für das „Künstlerische" – was haben wir nicht alles zustande gebracht, immer im Sinne von Liesel Christ. „Don Camillo“ mit einem wunderbaren Hans Zürn, den „Urfaust“, den Roman Helferich und Ralf Bauer vor der grandiosen Kulisse des Domes spielten.

Nie war Tony Marshall besser denn als „Tevje“ in „Anatevka“. Keiner hat ihm das zugetraut. Heinz Schenk war ein ganz eigener Molièredarsteller, Margit Sponheimer mutierte von der Karnevalsprinzessin zur achtbaren Schauspielerin, Lia Wöhr, unvergessen, selbst Helene Fischer spielte zum ersten Mal am Volkstheater, bevor sie ihre große Karriere begann, und Ralf Bauer war unser „Romeo“. Mit ihm gelang es, junge Zuschauer ins Theater zu locken.

Auch bin ich Gisela Dahlem-Christ sehr dankbar, dass sie mir nach meinem Ausscheiden Ende 2007 die Gelegenheit gegeben hat, den „Jedermann“ zu inszenieren mit Ralf Bauer als Jedermann und Helmut Markwort als Tod. Es war ein unvergessliches Ereignis vor dem Dom im Historischen Garten.

Die Arbeit am „Jedermann“ gehörte zu den Höhepunkten meines langen Theaterlebens. Dieses Areal noch einmal zum Leben zu erwecken, die Atmosphäre des einmaligen Raums zu gestalten, wurde überregional anerkannt. Jetzt fällt der Vorhang, auch im Haus in der unmittelbaren Nachbarschaft von Goethe. Ein Stück Frankfurt verschwindet. Die Seele Frankfurts müsste eigentlich aufschreien.

NOCH EINIGE REMINISZENZEN AUS MEINER VOLKSTHEATERZEIT

Für den „Diener zweier Herren" von Goldoni habe ich wie immer eine hessisch gefärbte Fassung erstellt. Das war ja auch für mich das Wichtigste. Ich wollte keine großen ästhetischen oder interpretatorischen Spuren hinterlassen. Ich wollte eine Geschichte erzählen, dem Originaldichter die Ehre erweisen und dann durch kleine Änderungen das Heute mit einbeziehen. Und das für ein Publikum, das auf gutem Niveau unterhalten werden wollte. Liesel Christ, die Mutter, stand nicht mehr vor uns, sondern hinter uns.

Bei dem „Diener" hatte ich stets meine Zweifel, ob dieses Stück auch für uns geeignet ist. Ich hatte aber meine Erfahrungen mit einigen Stücken von Goldoni, wie „Der Lügner", „Krach oder Stunk in Chiozza", die „Wirtin".

Ich bin auf Goldonis Spuren in Venedig gewandert von seinem Geburtshaus bis nach Chiozza, dem Fischerdorf in der nahegelegenen Lagune. Man hat noch die exemplarische Aufführung von Giorgio Strehler vom Piccolo Teatro in Milano in Erinnerung. Und wenn man diese Aufführung gesehen hat, wagt man sich eigentlich nicht mehr an eine eigene Interpretation heran. Und doch haben wir es gewagt. Die artistischen circensischen Einfälle von Strehler konnten wir natürlich nicht einsetzen. Aber wir hatten mit Wolff von Lindenau einen komödiantischen, spielfreudigen Truffaldino, dem es immer wieder gelang, das ganze Unternehmen der doppelten Dienerschaft in Atem zu halten, untermalt von der Ouvertüre zu „Wilhelm Tell" von Rossini. Und auch bei ihm war der Höhepunkt die Wiedergabe eines Essens, bei dem er beide Herren gleichzeitig bedienen musste.

Wir hatten damals einen herrlichen Sommer, und das Wetter hatte einen großen Einfluss auf den Erfolg des Sommerstücks. Dazu kam noch die Musik. Ich bin dankbar dafür, und besonders freue ich mich darüber, dass es mir immer wieder gelungen ist, eine musikalische Unterstützung zu finden, die auch Jahrhunderte miteinander verbindet. Ich mache es mir da nicht leicht, oft sitze ich bis tief in die Nacht, überlege, was stimmen, was passen könnte. Höre mir aus meinen Plattenarsenal an, was vielleicht wieder in Frage kommt, verwerfe es wieder, um dann meistens wieder auf die ersten Ideen zurückzukommen.

Ich garnierte den „Diener" mit Zirkusmusik, und die gibt es von Rossini, Strawinsky bis Prokofjew, dazu alte italienische Lieder. So wurde aus dem Ganzen ein kulinarischer Abend. Dieser „Diener" war meine erste Inszenierung nach meiner Herzoperation. Sie hat mich nicht nur Kraft gekostet, sie hat mir auch Kraft gegeben.

Danach habe ich mir ein wenig Zeit gelassen, Steffen Wilhelm inszenierte das Agatha Christie-Stück „Die Mausefalle", Michael von Loefen „Zum Glück verrückt" von Sabine Thiesler, von der wir davor die „Hochzeit bei Bohneberjer" aufgeführt hatten.

Aber all dies sind Gedankenfetzen aus der Vergangenheit, die heute nicht mehr relevant sind. Die Entwicklung hat ihren Lauf genommen. Das Volkstheater Liesel Christ gibt es nicht mehr, und es ist müßig, diese Zeit nochmals zu beleben. Aber ich bin mit dieser Zeit zufrieden und auch ein wenig stolz, obwohl ich dieses Wort sehr selten gebrauche.

WAS FÜR MICH NOCH ALLES MÖGLICH WAR, NACH DEM MOTTO: ES IST HALT SO, ICH KANNS NICHT ÄNDERN, MACH WAS DRAUS

Und noch einmal möchte ich unterstreichen, was alles nach der Herz-Operation noch möglich war. Ich möchte damit denjenigen Mut machen, die ein ebensolches Ereignis getroffen hat und versuchen, damit umzugehen. Fakt ist, dass ich mir fast ein Jahr Zeit genommen habe, um dann wieder mit der Arbeit anzufangen.

Abschied vom Volkstheater 18.12.2007

Es war dies ein langer Prozess, aber wenn man zu schnell wieder sein Gleichmaß finden will, dann dauert es meist noch länger. Mir hat es damals überhaupt nicht gepasst, dass ich die vorgesehenen Stücke nicht habe inszenieren können.

Aber irgendwie habe ich die Gabe, alles so anzunehmen, wie es kommt. Mein Spruch lautet bis heute: Es ist halt so, ich kanns nicht ändern, mach was draus. Dazu kommt noch, dass ich eine gewisse Schicksalhaftigkeit erkennen und annehmen kann. Mein „Schicksal", wir wollen es mal nicht so hoch hängen, also das, was mir lebensbedrohend geschah, habe ich akzeptiert, ohne viel zu hinterfragen oder bei wem auch immer die Schuld zu suchen. Man spart damit viel Zeit und Kraft.

Die meisten Menschen versuchen immer, irgendwem oder irgendetwas die Schuld zu geben, dann ist noch gar nichts gelöst. Jeder ist für sein Leben selbst verantwortlich, und dazu gehören auch Schicksalsschläge mit dazu. Man hat das Leben zu akzeptieren und anzunehmen, man hat, wie schon gesagt, Kraft zur Wiedergenesung.

Zu meinem Abschied damals schrieb Sabine Börchers in der „Frankfurter Neuen Presse":

„Es ist alles nur geliehen,
jede Stunde voller Glück.
Musst Du eines Tages gehen,
lässt Du alles hier zurück."

Mit diesen nachdenklichen Tönen von Heinz Schenk verabschiedete sich Wolfgang Kaus am Dienstagabend von der Bühne des Volkstheaters. Nach 33 Jahren nahm er als künstlerischer Leiter des Hauses seinen Hut, nicht ohne der Chefin Gisela Dahlem-Christ zu seinem Dank ein stattliches Abschiedsgeschenk dazulassen. Ein guter Freund und Namensvetter von ihm, Wolfgang Steubing, Chef einer unabhängigen Wertpapier-Handelsbank in Frankfurt, spendete ihm für jedes Jahr seiner Zugehörigkeit zum Theater 1 000 Euro. Den Scheck über insgesamt 33 000 Euro überreichte Kaus am Ende eines Weihnachtsabends, zu dem er das gesamte Ensemble inklusive vieler Gäste noch einmal auf die Bühne brachte.

Kollegen wie Margit Sponheimer, Wolff von Lindenau, Maria Mucke, Walter Flamme und Hans Zürn am Klavier stimmten die Frankfurter mit den bekannten Mundart-Gedichten von Erich Fries, zahlreichen Weihnachtsgeschichten und Liedern auf die Feiertage ein. Der voll besetzte Saal sang nicht nur „Alle Jahre wieder" und „O du fröhliche" mit, freute sich auch über die humorvolle Sicht auf Weihnachten von Lothar Zenetti oder Hanns Dieter Hüsch und genoss Nachdenkliches von Brecht, Kästner und schließlich von Heinz Schenk, der früher selbst etliche Male auf der Frankfurter Volkstheaterbühne gestanden hatte.

Am Ende zollte das Publikum dem langjährigen künstlerischen Leiter mit minutenlangen stehenden Ovationen seinen Respekt. Lobende Worte fand auch Rainer Kowald, Aufsichtsratsmitglied des Hauses, der versicherte, dass Kaus auch künftig „Mr. Volkstheater" bliebe. Mit ihm habe vor 33 Jahren eine Zeit begonnen, in der Shakespeare, Kleist und Goldoni im Haus Einzug gehalten hätten, erinnerte er an die Leistungen des Regisseurs, der die Stücke selbst für die Mundartbühne bearbeitete. Auch bekannte Gesichter wie die Schlagersänger Maria Mucke und Tony Marshall sowie den Schauspieler Heinz Werner Kraehkamp habe er an das Haus geholt. „Und wer hätte gedacht, dass der Serienstar Ralf Bauer mal hier den ‚Urfaust' spielen würde."

An die 130 Inszenierungen – vom ersten Stück „Kur in Wilhelmsbad" bis zur letzten Regie für „Schweisch, Bub" setzte Kaus für das Volkstheater um. Daran erinnerten auch „sei' Leut'", wie der 72-Jährige das Ensemble zu nennen pflegte. Anette Krämer, Sabine Roller, Silvia Tietz, Steffen Wilhelm, Kurt Spielmann, Joachim Schweighöfer, Thomas Koob, Julia Schneider, Michael Schatkowski, Axel Küffe & Co. zählten reihum alle Stücke auf, um ihn dann mit seiner Hymne, dem auf ihn umgedichteten „Frankfurt Jodler", zu verabschieden und ihm unter anderem ein silbernes Medaillon mit der Schutzheiligen der Schauspieler zu schenken. „Er hat uns Geborgenheit vermittelt. Wir wussten immer, mit ihm kann uns nichts passieren“, sagte Steffen Wilhelm, der als Regisseur in Kaus’ Fußstapfen trat, später. Wenn es Probleme gab, sei er immer der richtige Ratgeber gewesen. „Es wird zu spüren sein, dass er fehlt.“ Auch Kollege Andreas Walther-Schroth erzählte, wie viel er von Wolfgang Kaus gelernt habe. „Er war hart und streng bei den Proben, aber wir haben auch viel Spaß zusammen gehabt.“ Er werde seine herzlich ruppige Art vermissen und ein paar Schrullen, wie die, dass Kaus am Montag nie anfing, ein neues Stück zu proben.

Kaus bedankte sich vor allem gen Himmel bei der verstorbenen Prinzipalin des Hauses, Liesel Christ, die ihn vor 33 Jahren bat, an ihr Theater zu kommen. „Ihr werde ich bis zum letzten Atemzug dankbar sein.“ Auch vor ihren Töchtern Gisela und Bärbel verneigte er sich. Ebenso vor seinen Kollegen wie Maria Mucke, die er seit 55 Jahren kennt, als sie Erfolge mit ihren Schallplatten feierte, oder Margit Sponheimer und Walter Flamme, mit denen er gerade für den Hessischen Rundfunk das Kultstück „Dinner for One“ auf Hessisch inszenierte. Und natürlich vor seinem Publikum, das dem Theater seit vielen Jahren die Treue hält und es, so sein Wunsch, auch weiter tun solle. „Es war eine wunderbare Zeit“, resümierte er, der ganz gegen seine Art einmal wenig Worte machte. „Ich werde auch jetzt nicht verstummen“ versprach Kaus am Ende.

UND ES GING NOCH WEITER „DER HESSISCHE JEDERMANN"

Mein Freund Peter Säuberlich, der leider nicht mehr unter uns ist und mit dem ich seit der Studentenbühne freundschaftlich verbunden war, sagte mir immer, wenn ich so fragte, was soll denn jetzt noch kommen? Leo, so nannte er mich, nach dem Rollennamen in meinem ersten Stück bei der Studentenbühne in Frankfurt. Leo, du wirst dich wundern, was noch alles kommt. Und dann kam etwas, wovon ich zwar manchmal geträumt habe, aber nie glaubte, dass es noch einmal dazu kommen würde.

mit Peter Säuberlich

Das Volkstheater Frankfurt, Gisela Dahlem-Christ und Bärbel Christ-Hess erfüllten mir mit dem „Jedermann" einen lange gehegten Wunsch. Anlass waren mein 75. Geburtstag

unser Dom

und mein 50. Bühnenjubiläum. Bei der letzten Zusammenarbeit mit Ralf Bauer im Jahre 2002, er spielte den „Romeo“, war der Plan entstanden. Und als ich ihn im Winter 2009 an-

bei der Arbeit

rief und ihn fragte:“ Willst du im Sommer bei uns den „Jedermann“ vor dem Dom, wo du ja schon große Erfolge mit dem „Urfaust“ hattest, spielen?“ Da habe ich von ihm eine so spontane Antwort wie noch nie erhalten: „Ja!“.

Jetzt war die Frage: Nehmen wir den Text von Hugo von Hofmannsthal, mit seiner archaischen Sprachgewalt, mit den Knüttelversen, rau, hart, als Mysterienspiel angelegt, oder nehmen wir eine Fassung, die mir vor kurzem zugekommen war, von Fitzgerald Kusz, dem fränkischen Literaten, von dem wir ja die meisten Stücke mit großem Publikumserfolg gebracht haben „Schweisch, Bub“, Dehaam is dehaam“, „Stinkwut“ und andere, und der eine eigene Bearbeitung des „Jedermann“ geschrieben hatte, den er den „Fränkischen Jedermann“ nannte. Er hat das Stück heutiger angelegt, moderner in der Sprache, trotzdem dem Szenarium von Hugo von Hofmannsthal folgend. Ich habe diesen Text ins Hessische versetzt. So wurde aus dem „Fränkischen Jedermann“ ein „Hessischer Jedermann“ – schon seit Hans Sachs gab es immer wieder Bearbeitungen in den verschiedenen Sprachregionen. Auch Hofmannsthal griff auf diese zurück.

Das Stück besteht ja aus ganz einfachen Gegensätzen. Hier der Herrgott, da der Teufel, hier das Leben, da der Tod, und daraus bezieht das Stück seine Spannung. Dennoch wollte ich versuchen, den Text dem Heute etwas näher zu bringen. Den Tod zum Beispiel, der oft mit Totenmaske, Gerippe und/oder mit der Sense daherkommt, sodass gleich bei seinem Erscheinen alles in Panik ausbricht. Ich wollte den Tod nicht als so grauenhafte Erscheinung zeigen, ich wollte ihn mehr als Freund sehen, als Gevatter Hein, wie er im Norddeutschen heißt, oder als „Boandlkramer“ im Bayerischen, wie ja im „Brandner Kaspar“. Ich wollte den Tod in das Leben einbinden. Er gehört einfach dazu. Jeder ist einmal dran, mal früher, mal später. Sicher geht keiner gern, aber wie man geht, ist wahrscheinlich so verschieden, wie die Menschen verschieden sind. Wir hatten in Ralf Bauer einen jungen Jedermann, im richtigen Alter, lebensfroh und erfolgreich. Bei Hofmannsthal ist er auch gerade 40, wird aber meistens von gestandenen Lebemännern gespielt. Der Jedermann kann wie der Name schon sagt, „jeder Mann“ sein. Er kann ein Banker sein, er kann ein Immobilienhändler sein, der seine Stellung und Situation ausnutzt, um sich zu bereichern. Die Bankenkrise steht für so eine Interpretation.

Sich keiner Schuld bewusst sein und doch Unheil in die Welt bringen, und am Ende steht jeder einzelne da, muss Rechenschaft ablegen, ob gläubig oder nicht, er muss einfach gehen.

Jedermann in einer Szene mit einem Schuldner

Und wie war's, grad in de letzte Zeit.
Erst war's da, des Geld,
es wurd immer mehr,
dann war's auf einmal weg
keiner weiß wohin.
Auch ich hab viel Geld verlorn,
und des tut sehr weh, auch mir.
Muss auch jetzt sparn.
Du hast halt Pech,
Die Gier die war's Du hast zu viel gewollt
Jetzt haste dein Fett weg.
Mer gibt nur aus, was mer hat,
sonst ergehts Dir so wie Dir jetzt.
Es is halt so! Mach was dagege.
Bloß zusammehalte muß mers könne,
Wer des net kann, is selber schuld.

Und wenn man es nicht begreifen will oder kann, wird es nicht einfacher. Unser „Jedermann“ war ein junger erfolgreicher Mann, der seinen Weg geht, auch über Leichen. Er denkt gar nicht an andere, er geht seinen Weg, und den erfolgreich, ganz gleich, wer auf der Strecke bleibt. Für Gefühlsduseleien hat er keine Zeit. Er muss sehen, dass er möglichst schnell zu Reichtum und Ansehen kommt. Wer nicht mitkommt, ist selber schuld. Er macht sich keine Gedanken darüber, bis er zum Schluss dasteht. Der Tod will ihn holen, aber er hat nichts vorzuweisen, er hat nicht gesät, also kann er nicht ernten.

Was bleibt ihm? Er bettelt beim Tod um Aufschub, er möge ihm etwas Zeit lassen, um jemanden zu finden, der mit ihm geht. Aber keiner will mit, die Mutter nicht, die lebt ihr eigenes Leben, will immer nur das Beste für ihren Sohn, er soll in die Kirche gehen, soll endlich heiraten und nicht herumflattern, die Verwandtschaft wendet sich von ihm ab, die will alles für ihn tun, nur nicht mit ihm ziehen, seine Freundin, für die er alles getan, ihr ein Schloss gebaut, ihr alles zu Füßen gelegt hat, weigert sich ebenfalls. Dann meint er, dass das Einzige, was ihm geblieben ist, sein erwirtschaftetes oder zusammengeklaubtes Geld, das könne ihn begleiten, damit könne er sich Lebenszeit erkaufen oder auch sich mit ihm als Beweis seines Erfolges brüsten.

Aber dies imponiert am Lebensende niemandem mehr, den Tod beeindruckt es nicht, der Jedermann steht also hilflos da, mit all seinen äußeren Errungenschaften, denn sie nützen ihm wenig. Dann tauchen die beiden allegorischen Figuren auf, die Werke oder auch das Gewissen, wie es bei Kusz heißt, und der Glaube. Die Werke, seine Wohltaten, sind nicht sehr zahlreich, an Krücken schleppt sich sein Gewissen und zeigt ihm noch einmal seine Machenschaften, die nur eines gebracht haben: Wohlstand, aber keine Substanz. Und jetzt kommt der Glaube, der Glaube an die göttliche Allmacht, die ja auch verzeihen kann und die dem Sterbenden noch kurz vor seinem Ende die Absolution erteilt. Und so kommt „Jedermann“ aus der Kirche, geläutert und bereit zum Sterben in friedlicher Einheit mit sich, seinem Schöpfer und seinem Umfeld.

Ich bin sehr dankbar dafür, dass ich die Gelegenheit bekommen habe, mir über dieses Stück, das so exemplarisch

der historische Garten

zeigt, was Leben und Sterben bedeuten können, meine eigenen Gedanken zu machen.

Ralf Bauer als „Jedermann“, der es nicht wahrhaben will, dass er so früh gehen soll, und Helmut Markwort, der Herausgeber und Chefredakteur des „Focus“, er spielte den „Tod“, so wie ich ihn mir vorstellte. Markwort, ein geborener Darmstädter, der dort alljährlich in Ernst Elias Niebergalls „Datterich“ den Dummbach spielt und sich mit seinen schauspielerischen Ambitionen immer wieder bemerkbar macht. Ich habe selten einen so disziplinierten Schauspieler wie ihn erlebt. Er war von seiner Mentalität genau der Tod, den ich mir gedacht habe: ein Clochard, der den ganzen Tag arbeiten muss, die Menschen überzeugen muss, dass es an der Zeit ist zu gehen, und der selbst ab und zu müde ist von der vielen Arbeit, die ihm aufgehalst wird. Als Tod ist man selten ein gern gesehener Gast.

Dadurch wird der Tod menschlicher und nicht so martialisch. Für mich ist die Geschichte ganz einfach und simpel, und so habe ich auf alles Drumherum verzichtet. Ich war mir bewusst, dass wir sie nur in dieser Form bringen können, und der Dom mit seinem Turm, den die Frankfurter früher liebevoll „ihren Pfarrturm" nannten, war so mächtig, und viele Zuschauer sagten: Jetzt haben wir die Geschichte des „Jedermann" zum ersten Mal begriffen. Besonders freute es mich, dass der historische Garten, der ja jetzt bei der Altstadtsanierung mit einem sogenannten „Stadthaus" überbaut wird, damit zum letzten Mal bespielt werden konnte. Ich bin allen dankbar, die das ermöglicht haben, besonders der damaligen Oberbürgermeisterin Petra Roth, Edwin Schwarz und Herrn Gangel. Ich hatte die nötige Kraft, mein Vorhaben durchzuführen. Mit Freude, Gelassenheit und Glück. Und ich durfte mir dann doch sagen: Das, was ich tun konnte, habe ich getan, und dies gerne und auch als Abschiedsgeschenk an die Stadt Frankfurt.

LETZTE EINDRÜCKE

Ich widme der „Jedermann"-Zeit einen großen Raum, ich weiß, aber diese Zeit war nach den vielen, vielen Jahren am Volkstheater ganz wichtig.

Es war wieder die erste Regiearbeit für das mir so vertraute Volkstheater. Und vieles strahlt bis heute auf meinen weiteren Lebenslauf aus. Und dies alles im historischen Garten vor dem Kaiserdom, mit dem mich viel verbindet. Zum ersten Mal habe ich, es war meine fünfte „Urfaust"-Inszenierung, zum Goethejahr 1999 das Areal aufgenommen, das für mich immer eine große, fast metaphysische Kraft hatte. An historischer Stätte, vor dem Dom, eine Frankfurter Geschichte von einem Frankfurter Dichter erzählen zu können, ist schon etwas Besonderes.

So schreitet in dem engen Bretterhaus
Den ganzen Kreis der Schöpfung aus,
Und wandelt mit bedächt'ger Schnelle
Vom Himmel durch die Welt zur Hölle.

Diese Zeilen, die ich zum ersten Mal von Liesel Christ gehört hatte und die ich dann in späteren Aufführungen selber sprach, gehören für mich zu den prägendsten Eindrücken meines Theaterlebens.

Und auch diesmal entdeckte ich beim „Jedermann" so viele Parallelen mit den vorherigen Aufführungen. Ich habe bewusst versucht, „Urfaust"-Elemente in den „Jedermann" mit einzubauen, um auch die Verbindungen zwischen Goethe und Hofmannsthal spüren zu lassen. In beiden Stücken geht es um das menschliche Sein, um die menschliche Existenz.

Pater Amandus hat mit seinen „Mysterienspielen" ebenfalls das Areal vor dem Dom zum Leben erweckt. Wenn ich an dieses Areal denke, tut es mir persönlich in der Seele weh, dass das gesamte Terrain bei der Neuplanung der Altstadt überbaut wird mit einem Stadthaus, weil das auch früher schon mal da gestanden hat. Das Schöne dieses Platzes war ja gerade die Weite. Jede Stadt freut sich über einen Platz vor einem wichtigen Gebäude, und wir bauen ihn jetzt zu.

Und was noch schlimmer ist: Es geht eine Spielstätte verloren, die man noch mehr mit Leben hätte füllen können. Ich habe nichts gegen die Altstadterneuerung. Aber hier in diesem Geviert den alten Kultort wieder zu beleben, vielleicht als eine feste Spielstätte zu installieren, das wäre doch etwas gewesen, was auch der Stadt zur Ehre gereicht hätte.

Natürlich habe ich mich sehr gefreut, dass ich noch einmal, zum allerletzten Mal, die Gelegenheit hatte, dieses Areal zum Leben zu erwecken.

letztes Bild vom Areal vor der Überbauung

Mit Ralf Bauer und Helmut Markwort verbindet mich bis heute eine Freundschaft, die für mich etwas ganz Besonderes ist. Hier eine kleine Episode, die Ralf zum Geburtstag von Helmut Markwort öffentlich machte. Sie zeigt in wenigen Worten, wie unser Verhältnis damals war.

Ralf Bauer erinnert sich an einen kuriosen Wettkampf, den er zum 75. Geburtstag von Helmut Markwort veröffentlichte:

„Helmut Markwort – mit ihm hatte ich meine schönste Theaterzeit – er hat ein Gefühl dafür, Menschen sich wohl fühlen zu lassen. Nach den Vorstellungen hatte er immer zu Tisch gebeten. Nicht nur seine geladenen Gäste, auch Regisseur Wolfgang Kaus und meine Wenigkeit durften mit dabei sein. Interessant für mich zu beobachten war der Umstand, dass ich als Schluderer im Umgang mit der Zeit auf zwei Menschen getroffen bin, die man als überpünktlich bezeichnen kann.

Nun kam es vor, dass wir drei uns verabredet hatten – und Helmut und Wolfgang lieferten sich einen kleinen Zeiten-Wettkampf. Jeder wollte dem anderen zuvorkommen und als Erster am vereinbarten Treffpunkt auf den anderen warten. Nennen wir ein Beispiel: Helmut und Wolfgang verabreden sich um 15 Uhr am Opernplatz in Frankfurt, Helmut erscheint bereits um 14.45 Uhr und Wolfgang um 14.50 Uhr. Also hatte Helmut bereits fünf Minuten gewartet – eigentlich ja kein Problem. Da aber Wolfgang ungern jemanden warten lässt, trifft er beim nächsten Treffen bereits 20 Minuten vor der vereinbarten Zeit ein, was wiederum dem Helmut nicht gefallen hat, da er – in Zeitangelegenheiten ähnlich strukturiert wie Wolfgang – gerne derjenige ist, der auf die andere Person wartet. So konnte es also sein, dass ein Termin, der ursprünglich um 15 Uhr beginnen sollte, schon um 14.30 Uhr begann. Was für ein herrliches Schauspiel!!! Und doch kein Schauspiel, da es beiden eine Herzensangelegenheit ist und sehr viel über die Menschen aussagt. Man möchte die andere Person nicht warten lassen. Wo gibt es so etwas heutzutage noch???"

Ralf Bauer

Jedermann mit Helmut Markwort als Tod und Ralf Bauer als Jedermann

Die Arbeit für mich am „Jedermann" an diesem historischen Ort vor dem Dom, die Zusammenarbeit mit den alten, hochgeschätzten Kollegen wie Hans Zürn, Sabine Roller, Anette Krämer, Silvia Tietz (ich möchte keinen vergessen), Steffen Wilhelm als Freund und als Teufel, Alexandra Seefisch als Buhlschaft, Wolff von Lindenau als Mammon, Detlev Nagy, Axel Küffe, Thomas Koob, Andy Walther-Schroth machten die Aufführung zu einem großen Erfolg. Für das Theater, für die Stadt und für mich.

Helmut Markwort sorgte dafür, dass Besucher aus der ganzen Welt die Aufführung sahen. Und, viel wichtiger noch:

Die Freundschaft mit Helmut Markwort hält bis heute an. Im Älterwerden schließt man nicht mehr so schnell neue Freundschaften. Insofern weiß ich das sehr zu schätzen.

Zur gleichen Zeit feierte ich meinen 75. Geburtstag im Rosengarten des Frankfurter Palmengartens mit vielen mir sehr lieben Gästen, wie Maria Mucke, die ich seit ihren großen Schlagertagen und seit meiner Lehrlingszeit bei Philips verehre. Wir haben uns nie aus den Augen verloren und ich danke ihr für die bis heute andauernde Freundschaft.

Auch habe ich es als eine nachträgliche Hommage empfunden, dass nach meinem Weggang vom Volkstheater mir doch die Zuneigung der Stadt, der Kollegen, der Freunde erhalten blieb. Und das gebe ich ohne Eitelkeit zu: Es hat mich sehr gefreut.

Zum Geburtstagsfest waren meine Schwester und mein Schwager aus Kanada gekommen, meine Schwester Brigitte

Zum 75. Geburtstag im Rosengarten des Palmengartens

und ihr Mann aus Hofheim, dazu mein Neffe Matthias und seine Frau Heike und Holger, der Sohn meines allzu früh verstorbenen älteren Bruders.

„Mein“ Metzger Arrabin vom Grüneburgweg war da, ebenso Hugo Müller-Vogg, Gräfin Pilati, Helmut Markwort,

Sibylle Nicolai, Michael von Zitzewitz und Frau Anette, die Bürgermeisterin Gisela Stang aus Hofheim, auch Hilmar Hoffmann und Felix Semmelroth gaben mir die Ehre, ebenso Johannes Scherer, der beliebte Comedian, Werner D'Inka und Roland Gerschermann von der FAZ und FNP, Kitti Pohl, die mich seit vielen Jahren auch als gute Nachbarin begleitet, Wilhelm Bender und seine Frau Sandra, Armin Clauss, der frühere hessische Sozialminister, dem die Kerckhoffklinik, in der ich dann später meinen Schrittmacher und Defibrillator bekam, viel zu verdanken hat. Hermann Haindl, mein Bühnenbildner, Karin und Carlo Giersch, Stefanie Zweig mit Wolfgang Häfele, beide heute leider nicht mehr unter uns.

Sylvia Hoffmann, Gisela Dahlem-Christ, Bärbel Christ-Hess und Rainer Schöne waren natürlich auch dabei. Pater Amandus lebte noch und bereicherte die Gästeschar. Ralf Bauer war mit seinem Freund und Gitarristen Pat Fritz gekommen, mit denen ich mitten im Hochsommer in Arlberg am Lech eine Weihnachts-CD produzierte. (Es war schon toll, mitten im August einen Raum mit Weihnachtsdekoration zu haben, in dem Gedichte und Lieder zu Weihnachten gesungen und gesprochen wurden. Auf den Bergen oben war noch oder schon wieder Schnee, so dass wir Fotos für Weihnachten machen konnten.) Der jüngste Sohn der Harfenistin Karin Franke, Philipp, der im „Jedermann" eines der hungernden und herzlos behandelten Kinder spielte, brachte mir ein Ständchen, Margit Sponheimer sang und und ....

Also alle, die ich gerufen hatte, waren zu meiner großen Freude gekommen. Erhard Priewe habe ich für die Organisation des Festes zu danken und nicht zuletzt Matthias Jenny, dem Palmengartendirektor, der es mit ermöglichte, in dem traumhaften Rosengarten zu feiern – und das geplante Schmetterlingshaus im Palmengarten wurde denn auch besonders bedacht.

WAS GESCHAH NACH DEM „JEDERMANN“

Ich hätte nie gedacht, dass ich nach meinem Weggang vom Volkstheater und mit meinen acht Jahre alten Bypässen dies alles noch hätte schaffen können. Ich hätte mich eigentlich zur Ruhe setzen können. Was soll man denn noch erreichen? Wo und wie soll man noch Zuneigung und Aufmerksamkeit bekommen? Zunächst habe ich einige Kreuzfahrten gemacht, bin viel gereist, vor allem mit Schwester und Schwager aus Kanada, worüber ich noch im einzelnen berichte. Viele Lesungen standen an, und mit großer Freude bin ich auf eine Lesereise gegangen. Wobei es mir meistens nicht gelang, aus meinem Buch zu lesen, immer wieder kam ich in einen eigenen Erzählton, der aber meist sehr gut ankam. Denn lesen kann man selber, man muss sich dann eben das Buch kaufen, und das ist ja auch Sinn und Zweck dieser Veranstaltungen.

Ich habe die Zeit nach dem Theater genutzt, und der „Jedermann“ hat noch lange nachgewirkt. Die Bypässe hielten, und ich erinnere mich nicht, dass es mir – von normalen Altersreduktionen abgesehen – nicht gut erging.

Mit dem Älterwerden habe ich eigentlich keine so großen Probleme. Man spürt zwar schon, dass man etwas reduzieren muss, aber damit kann man sich abfinden, und dann ist es halt so. Aber es ist schon kurios, wenn man sich die Zahl vor Augen hält und seine früheren, eigenen Vorstellungen von diesem Lebensabschnitt befragt. Es ist noch gar nicht so lange her, da war man doch ein alter Mann, wenn man 70 wurde. Jetzt bin ich schon 80, und trotzdem meine ich manchmal, ich könnte noch mitspielen.

Dies ist sicher eine liebenswerte Täuschung, aber dabei sein, sich noch jung fühlen, noch erlebnisfähig sein, interessiert sein an den Entwicklungen der Zeit, den Jungen offen gegenübertreten und nicht seine eigene Zeit als Maßstab nehmen, das ist wichtig. Sicher habe ich eine privilegierte Stellung inne, ich habe einen Beruf, der in der Öffentlichkeit anerkannt wird, stehe auch noch mitten im Leben, bin bei vielen gesellschaftlichen Anlässen dabei, freue mich, dass die Menschen mir immer noch Aufmerksamkeit schenken. Ich kann noch aktiv am künstlerischen Leben teilnehmen, mit meinen Stoltze- und Goethe-Lesungen, zum Beispiel, die mir viel Spaß machen.

JETZT STEHT DOCH IN MANCHEM BÜCHERREGAL EIN BUCH MIT MEINEM NAMEN – UND DANN EIN ANRUF AUS MÜNCHEN

Mein erstes Buch habe ich nach dem Weggang vom Volkstheater geschrieben. Danach sammelte ich Gedichte, die Frankfurter über Frankfurt geschrieben haben. Und das kam so:

Ich habe von Liesel Christ vor vielen Jahren eine sogenannte „bunte Seite" in der Seniorenzeitung der Stadt Frankfurt übernommen. Hier veröffentlichte ich Gedichte von Frankfurtern, von Goethe bis zu noch heute Lebenden, die mir ihre Liebeserklärungen zum Veröffentlichen geschickt haben.

Daraus wurde eine Gedichtsammlung, eine Hommage an die Stadt Frankfurt, „Liebesgruß an Frankfurt" haben wir das Buch genannt.

Anfang 2012 rief mich Frau Margit Bönisch, die Leiterin der „Komödie im Bayerischen Hof", an und fragte mich, ob ich das Stück „Gut gegen Nordwind" von Daniel Glattauer bei ihr inszenieren wollte, Ralf Bauer hätte mich gerne als Regisseur. Ich habe natürlich zugesagt und war auf einmal wieder mitten im Theateralltag.

Das Stück hat mich sofort fasziniert. Es gibt einen Roman von Daniel Glattauer, der nur aus E-Mails besteht, und der bereits vor der Bühnenadaption ein Bestseller wurde – die meisten jungen Leute kennen ihn.

Dennoch ist es schwer vorstellbar, dass man die Schauspieler fast zwei Stunden in einer Dekoration, die ohne Zwischenwand auskommt, so agieren lassen kann, dass sie sich während der ganzen Zeit nicht sehen. Sie erleben durch die digitale Welt die gleichen Probleme, die man sonst auch hat. Es entstehen Abhängigkeiten, Vertrautes, und es entwickelt sich eine innere Vorstellung, wie der andere ist oder sein

Probenbild mit Ralf Bauer und Ann Cathrin Sudhoff

könnte. Solange die Illusion erhalten werden kann, ist alles in Ordnung. Wenn es aber tatsächlich zu einer Begegnung kommt, und sei es auch um einfach den Schwebezustand zu beenden, dann kommt meistens das große Erwachen, und die eigene Phantasievorstellung hält der Realität nicht stand. Dass dies gelingen konnte, war den Schauspielern Ann-Cathrin Sudhoff und Ralf Bauer zu verdanken.

Im Oktober 2012 fand die Premiere in Nördlingen statt, und dann ging das Stück drei Monate auf Deutschlandtour bis es dann im Herbst 2013 im Stammhaus in München, in der „Komödie im Bayerischen Hof" nach dem Tourneeerfolg gespielt wurde.

Daniel Glattauer hat nach dem Erfolg seines ersten E-Mail-Romans noch eine Fortsetzung unter dem Titel „Alle sieben Wellen" geschrieben. Auch diese Stück durfte ich inszenieren. Nachdem im ersten Stück die Figuren sich nie gesehen haben, blieb am Ende die Frage: Wie geht es weiter?

Ob sie sich jetzt nun treffen oder ob alles eine Fiktion bleibt, sollen die Theaterbesucher beantworten. Eines kann ich aber verraten: dass sowohl die jetzt entstehende Nähe wie auch die Distanzierung und auch eventuell stattfindende Treffen die Probleme nicht lösen können. Es wird nur komplizierter. So wie im wirklichen Leben auch. Die digitale Welt kann zwar Kontakte ermöglichen, aber sie müssen sich in der Wirklichkeit bewahrheiten.

Mir hat die Arbeit an beiden Stücken sehr viel Freude gemacht. Es kommt auf die Differenzierung des Textes und der Sprache an. Da meine Vorliebe immer der Umgang mit dem Wort war, machte es mir besonders viel Spaß.

Auf Tournee sind immer die Schauspieler, die man vom Fernsehen kennt, die Zugpferde. Dann freuen sich die Besucher, wie hier über Ralf Bauer, den sie vor vielen Jahren als Surferboy erlebt haben und dann später in vielen Fernsehrollen. Kollegin Ann-Cathrin Sudhoff ist eine ebenbürtige Partnerin, die ebenfalls in vielen Fernsehrollen aufgefallen ist.

Entscheidend ist natürlich, wie ein Stück in der Großstadt ankommt. Das ist dann doch ein anderes Pflaster. Beide Stücke kamen in München sehr gut an und brachten auch das notwendige Publikum, ohne das ein nicht subventioniertes Privattheater nicht existieren kann. Die „Komödie" in München bekommt keine Subventionen und es ist schon eine besondere Leistung, ein Theater über viele Jahre ohne Zuschüsse aufrecht zu erhalten.

UND ES LOHNT SICH AUCH
... seine Krankheiten zu leben und zu lieben

Wenn ich so sehe, was ich mir an Krankheiten schon zugemutet habe, stehe ich immer noch frohgemut im Leben. Mit 14 hatte ich bereits eine Rippenfellentzündung, wir mussten von der Schule aus damals auf nassem Waldboden Bucheckern einsammeln, in meinem zweiten Engagement in Celle erwischte mich eine Virusinfektion, ausgelöst durch die damals notwendige Schluckimpfung gegen Kinderlähmung. Dann lag ich neun Wochen in einer Hamburger Klinik mit einer Gelbsucht, die ich mir, wo auch immer, eingefangen hatte. In Düsseldorf hatte ich eine obstruktive Kardiomyopathie. Ich wusste gar nicht, was das ist, aber es klang gut.

In Frankfurt wurde ich an der Bandscheibe operiert, und vor 13 Jahren in Frankfurt bekam ich fünf Bypässe, nebenbei hatte ich auch noch ab und zu Nierensteine. Es sieht ja fast so aus, als wäre ich mein ganzes Leben nur krank gewesen. Ich kann nur sagen, in einem so langen Leben sammelt sich halt viel an, und in der Erinnerung, und wenn man es geschafft hat, gewöhnt sich der Mensch ganz schnell wieder an bessere Zeiten. Auch Goethe hat einmal gesagt: „Es gab in keiner Zeit meines Lebens, wo ich nicht an Krankheiten und Schmerzen gelitten hätte", und doch hat er sich nicht abhalten lassen, seinen vielen Fähigkeiten nachzugehen. So entstand auch der Titel dieses Buches. Allen Ereignissen zum Trotz: „...und es lohnt sich doch". Ich habe alles gut überstanden, habe mich diszipliniert und mich konsequent verhalten. Es ist mir gelungen, in meiner ganzen Theaterzeit, und das sind inzwischen 55 Jahre, nie länger krank gewesen zu sein, auch in meiner Tätigkeit als Schauspieler ist nie eine Vorstellung ausgefallen, außer dass ich in Hamburg wegen der Gelbsucht aus dem „Stahlnetz" herausgeschrieben wurde. Ich habe mir meine Krankheiten immer in Zeiten gegönnt, in denen es niemanden störte: Ferien, probenfreie Zeiten. Bis auf das Jahr 2002 mit den Bypässen. Auch das war für mich kein Schicksalsschlag.

Ich wusste doch, woher es kam. Mit einem nicht so stabilen Herzen habe ich all meine Kraft eingesetzt, um erfolgreich über viele Jahrzehnte Theater zu machen. Ich stehe noch immer frohgemut im Leben.

Ich weiß nicht, was mich immer wieder auf die Füße gestellt hat. Ich glaube, es war die Freude an der Arbeit, die mir nie zu viel war. Da scheint mir der Schlüssel zu liegen. Etwas machen zu können, was einem Freude bereitet, dass man nicht morgens lamentierend zur Arbeit geht und schon mittags auf die Uhr zum Heimgehen sieht.

Ich habe bis jetzt immer noch keinen Herzinfarkt gehabt, selbst mit meinen fünf Bypässen und sonstigen Gerätschaften nicht. Was viele gar nicht begreifen können. Ich selbst ja auch nicht. Die meiste Zeit verlief auch in meinem Umfeld friedlich, ich konnte eigentlich immer machen, was ich wollte. Mit den Schauspielern bin ich nicht immer zart umgegangen. Hermann Haindl, der leider verstorbene Bühnenbildner, mit dem ich die schönste, produktivste Zeit erlebte, war nie zufrieden damit, wie ich die Schauspieler behandelte. Er meinte, man muss gut mit den Schauspielern umgehen, und ich war der Meinung, man müsse es oft aus den Schauspielern herausholen, da fallen auch mal Späne, wenn gehobelt wird. Im Laufe der Zeit, man wird lebenserfahrener, hat sich das schon ein wenig geändert und mich auch gelehrt, dass man mit Engelsgeduld und einer Portion Gelassenheit seine Ideen durchsetzen sollte.

Vor gut zwei Jahren bin ich zu meinem Hausarzt gegangen, habe gesagt, dass ich mich nicht so ganz wohl fühle. Nach einer Untersuchung hat man festgestellt, dass sich in der Lunge Wasser angesammelt hatte. Man überwies mich zum Kardiologen. Ich suchte den von mir sehr geschätzten Arzt in der Kerckhoffklinik in Bad Nauheim auf, mit dem mich fast ein freundschaftliches Verhältnis verbindet. Er sagte mir immer nach den Untersuchungen: „Also, Herr Kaus, wenn Sie mein Vater wären, würde ich sagen, na ja, lassen wir es noch.“ Diesmal, nach der Untersuchung im Sommer 2013, wartete ich schon auf den Satz, und der kam auch, aber diesmal: „Also wenn Sie mein Vater wären, dann wird's jetzt Zeit“. Und so vereinbarten wir einen Termin für Anfang August zur stationären Aufnahme in die Kerckhoffklinik in Bad Nauheim – mir sollte ein Herzschrittmacher mit Defibrillator eingepflanzt werden. Am 12. 8. 2013 ging ich in die Klinik und am 14. wurde mir ein Zweikammerdefibrillator implantiert. Eine Sonde konnte noch nicht gelegt werden, aus welchem Grund auch immer. Wir machten einen erneuten Termin in einigen Wochen aus. Was erfreulich war: Meine 2002 gelegten Bypässe funktionierten gut. Was nicht immer nach einer so langen Zeit selbstverständlich ist, mir aber bestätigte, dass ich in den vergangenen Jahren nicht so falsch gelebt haben kann.

Nach meiner Entlassung fühlte mich soweit ganz wohl, wenn auch geschwächt. Ich nahm sogar an einigen Veranstaltungen teil, wie am Bild-Sommerfest im Palmengarten. In meiner Präsenz etwas reduziert, spürte ich halt doch die vorhergegangenen Belastungen. Ich habe alle Bedenken weggeschoben, na ja, mir geht es doch ganz gut, wenn ich mich etwas zurückhalte, schaff ich's schon. Ich bereitete auch die vorgesehene Mittelmeerkreuzfahrt mit meiner Schwester Beate und meinem Schwager Hans vor, die am 15. 9. beginnen sollte.

Dann kam die Nachricht vom Tode von Hermann Haindl, mit dem ich, wie schon erwähnt, so wichtige Theaterzeiten erlebt habe. Erika, seine Frau, bat mich, ein paar Worte zu sagen. Ich habe gerne zugesagt, ohne darüber nachzudenken, ob alles nicht vielleicht noch zu viel und zu früh für meinen Gesundheitszustand sein könnte. Also hielt ich die Trauerrede. Gut ging es mir nicht, aber wer lässt sich schon bei solch einem Ereignis etwas anmerken. Ich gab, was ich konnte.

mit Hermann Haindl im Dominikanerkloster

NACHRUF AN EINEN FREUND, gestorben am 16. 8. 2013

Lieber Hermann,
in der vergangenen Woche habe ich noch versucht, dich zu sprechen, aber es war nicht mehr möglich. Was ich in den Berichten über dein Leben vermisse, war meine ganz persönliche Beziehung mit dir. Der Einfluss, den du auf mich und meine Arbeit hattest, dafür kann ich dir nur dankbar sein.

Wir lernten uns am gleichen Tag kennen, an dem du auch deine Erika kennengelernt hast, auf einem Faschingsfest des Malers Siegfried Reich an der Stolpe im Jahre 1955 im damaligen Saal des „Frankfurter Hofes" in Hofheim. Für mich war es die erste Begegnung mit einer Künstlerschar, die ich bewunderte, aber zu der ich noch nicht gehörte. Jeder war kostümiert, und ich kam als „Harlekin" mit bunt gefärbten Haaren, was damals schon was ganz Eigenes war. Irgendwie sind wir einander aufgefallen und es entstand eine Beziehung, die später zu einer künstlerischen Freundschaft erwuchs, über die ich mir damals noch keine Gedanken machte. Du warst damals bei den Städtischen Bühnen in Frankfurt als Leiter des Malersaales, und was ich immer bewunderte, war, wie man es schafft, perspektivisch auf zig Quadratmeter Leinwand auf dem Boden mit dem Besen zu malen. Dann verloren wir uns aus den Augen, aber da Hofheim auch für mich immer der zentrale Ort war, blieb es nicht aus, dass wir uns doch immer wieder über den Weg liefen. Ich ging zum Theater, meine Stationen waren Memmingen, Celle, Frankfurt, Hamburg und Düsseldorf. Bis mich Liesel Christ wieder nach Frankfurt holte. Du hattest irgendwann bei den Städtischen Bühnen aufgehört, dir gefiel der neue Umgangston nicht. Du wolltest individuell arbeiten und nicht in einem großen Betrieb, die Freiheitsliebe des Künstlers brach wieder einmal bei dir durch. Du hast immer darauf geachtet, dass man den Menschen mit Respekt und Zuneigung begegnet. Ich habe es selber oft erfahren müssen, wenn ich mit den Schauspielern nicht so zart umging, du mich immer kritisiertest, was mir gar nicht so behagte. Aber irgendwo hattest du Recht: Man erreicht mehr, wenn man fair und anständig mit den Menschen umgeht, was am Theater nicht immer so gelingen kann. Und dann kam der Zufall zu Hilfe. Liesel Christ wollte ja nie ein gefälliges, sich anbiederndes Volkstheater, sondern sie wollte ein „literarisches Volkstheater". Das war genau das, was auch ich wollte. Schon bei der Gründung des Theaters im Jahre 1971 war es ihr Wunsch, den „Urfaust" von Goethe in seiner ursprünglichen Gestalt, also auch mit dem heimischen Zungenschlag, auf ihre Bühne bringen.

1979 war es dann soweit, dass wir den „Urfaust" vor dem Römer aufführen konnten. Was wir brauchten, war noch ein Bühnenbild, das sich etwas von dem Gewohnten abhob, und da begegnetest du mir, Hermann, in Hofheim.

Er schreibt in seinen Lebenserinnerungen:

„Der Abschied vom Frankfurter Theaterleben fiel mir nicht schwer, zumal ich auf eine wunderbare Zeit zurückblicken konnte. Hinzu kam, dass Wolfgang Kaus nun schon seit Jahren Regisseur am Volkstheater war und mich fragte, für ihn den „Urfaust" auszustatten. Ich könnte doch ab und an bei Liesel Christ ein Bühnenbild machen. Das gefiel mir sehr, Geld und Material waren kaum da. Das Gegenteil zum städtischen Theater, wo Geld keine Rolle spielte. Das reizte mich, denn hier war Kreativität gefragt. Dank meiner 30-jährigen Theaterpraxis ging mir die Arbeit gut von der Hand. Hermann Haindl war für mich ein genialer Mitstreiter, er schuf nicht nur das Bühnenbild und die Ausstattung, nein, er brachte gleich ein ganzes Konzept mit, das mir immer gefiel, und ich konnte wunderbar mit seinen Gedanken tanzen."

Den ersten „Urfaust“ stattete er mit einem Gerüstaufbau aus, der die ganze Bühne umschloss und an dem bemalte Lappen hingen. So entstand das von mir so geliebte „Lappentheater“.

Hermann hat es immer wieder geschafft, mit wenig Mitteln ein großes Ganzes zu öffnen. Die Lappen im „Urfaust“ konnte man je nach dramaturgischer Notwendigkeit hoch und runter ziehen, und so hatte man geschlossene und offene Spielstätten. Am Ende, als „Gretgen“ im Kerker saß, fielen alle Lappen, es blieb nur das karge Lattengerüst und „Gretgen“ wurde hilflos der Öffentlichkeit preisgegeben. Das war nur der Anfang. Ich habe noch einige Male mit ihm den „Urfaust“ gemacht, er brachte immer wieder neue Ideen. Einmal war der Kerker der Mittelpunkt. Interessant war auch die „Mutter Courage“ mit einer überragenden Liesel Christ, wo er einen einfachen dunklen Raum schuf, in dem nur der Wagen der Courage war. Und der konnte nicht von der Bühne, Liesel Christ konnte ihn ziehen, schieben, er war aber immer präsent. Dazu kam, dass es, glaube ich, kein Theater der Welt gibt, das so ein großes Stück wie die „Mutter Courage“ mit einem einzigen Techniker realisieren kann – auch das war Hermann, der mit einfachsten Mitteln größtmögliche Wirkung erzeugte.

Die „Dreigroschenoper“ entwickelte er aus einem Bett, aus einem einfachen Bettgestell, das in immer wieder anderen Variationen genutzt werden konnte, als Liebesinsel, als Kerker, als Tafel.

Ich habe immer gesagt: „Hermann, häng mir einen Lappen hin, dann fällt mir schon was ein“.

Eine schöne Geschichte war zum Beispiel diese: Bei Molières „Schule der Frauen“ malte Hermann alles was nötig war, auf Leinwände. Stühle, Tische, Schränke etc. Ich sagte: „Hermann, ich brauch e Tür, haste die vergesse?“ Hermann lakonisch: „Was, du brauchst eine Tür?“, nahm ein Messer und schnitt in die bemalte Leinwand hinein und sagte: „So, hier haste deine Tür“.

Eines der mir liebsten Stücke war Shakespeares „Viel Gedöns um nix“. Hermann zauberte eine toskanische Landschaft mit kleinen Häusern und Gärten, es war eine Freude. Über 30 Inszenierungen habe ich mit ihm gestalten dürfen, wir waren zusammen in Israel. „Die lustigen Weiber von Windsor“, „Die Landpartie nach Königstein“, „Alt Frankfurt“, „Der zerbrochene Krug“, „Götz“, viele Goldonis, er konnte ja alles. Hermann hat über viele Jahre das künstlerische Bild des Volkstheaters entscheidend mitgeprägt, und es war für mich immer eine Freude, seinem „Lappentheater“ Leben einzuhauchen. Ein Windstoß genügte oft, um eine Szene lebendig zu machen.

Hermann, ich habe dir viel zu verdanken, es war, glaube ich, die schöpferischste Zeit des Volkstheaters, und du hattest deinen großen Anteil daran.

Dem Publikum gefiel irgendwann die Einfachheit des Bühnenbildes nicht mehr, es wollte Realistischeres sehen, aber für mich warst du der schöpferischste Mitstreiter, der auch meine Gedanken befruchtete. Jetzt gibt es dich nicht mehr, es tut weh, aber wir müssen alle diesen Weg gehen. Deine unermessliche Gestaltungskraft, dein Einsatz für vieles – es wurde alles schon gewürdigt. Ich wollte nur nicht, dass man den für mich sehr wichtigen Teil deiner Schaffenskraft, deine 25-jährige Arbeit mit mir am Volkstheater nicht vergisst.
Hermann, danke, danke auf immer danke!
Dein Wolfgang

DER TAG WAR NOCH NICHT ZU ENDE

Nach der Beerdigung und dem Besuch des anschließenden Leichenschmauses fuhr ich mit meinem Auto zum Hofheimer Krankenhaus zu einem Termin bei meinem langjährigen Kardiologen. Es war der 23.8.2013 um 14.00 Uhr. Ich unterhielt mich mit einer Hofheimerin, die ich zwar kannte, aber ich wusste nicht, wer sie war.

Direkt vor dem Eingang des Hofheimer Krankenhauses, wenige Meter von meinem Geburtshaus entfernt, verlor ich für kurze Zeit das Bewusstsein und war für eine kurze Zeit, wie die Ärzte mir später sagten, tot.

Der Defibrillator, erst acht Tage vorher eingesetzt, reagierte und holte mich wieder zurück ins Leben. Als ich wach wurde, waren bereits zwei Sanitäter da, die gerade einen Patienten ins Hofheimer Krankenhaus eingeliefert hatten. Ich, blutüberströmt (ich muss auf einen spitzen Stein gefallen sein), hatte eine sechs Zentimeter große Risswunde am Kopf. Dann ging es mit Blaulicht nach Bad Soden in die Main-Taunus-Kliniken.

Ich war bei Bewusstsein, aber viel habe ich nicht mitbekommen, außer dass es bei der Ambulanz eine Zeit brauchte, bis alle Untersuchungen vorgenommen wurden.

Gott sei Dank stellte sich heraus, dass mir außer der blutenden Verletzung nichts passiert war, ich musste aber für einige Tage zur Weiterbehandlung in der Klinik bleiben. Ein Arzt sagte mir, jetzt könnte ich zweimal Geburtstag feiern. Daraufhin ich: „Ich feiere doch schon zweimal. Einmal meinen Richtigen am 23.7. und dann am 26. August, dem Tag, an dem die Bypässe gesetzt wurden." Daraufhin der Arzt: „Bei den Bypässen waren sie nicht tot. Aber diesmal schon." Also kann ich dreimal meinen Geburtstag begehen. Am 23.7., am 23.8. und am 26.8.

So, und jetzt langt es auch mit dem Krankenbericht. Ich habe immer nach dem Motto gehandelt: Man kann, so oft es auch sein mag, hinfallen, man muss dann wieder aufstehen. Es lohnt sich doch! Fünf Tage blieb ich in Bad Soden und erholte mich langsam.

Dann wurde ich mit der Auflage zur Schonung entlassen. Die Kreuzfahrt wurde natürlich abgesagt, und Schwester und Schwager verbrachten ihren Urlaub mit Samariterdiensten.

Ich ging dann Anfang September erneut in die Kerckhoffklinik zur Implantation der dritten Sonde. Das war am 16.9.2013. Diesmal funktionierte alles wunderbar, und ich wurde am 21.9.2013 aus der Klinik entlassen.

Mir war und mir ist es auch heute noch nicht so richtig klar, dass ich tot gewesen sein soll und dass ich nur durch den Defibrillator wieder ins Leben zurückgerufen wurde. Vielleicht begreift man das so richtig nie.

Ich jedenfalls wollte relativ schnell wieder in mein normales Leben zurück – und mit den Verpflichtungen des Alltags zurechtkommen.

ES HÖRTE NOCH NICHT ALLES AUF

Es war so, wie ich es geschildert habe, und ich habe es so akzeptiert. Es ist immer leicht, das „böse“ Schicksal oder andere für sein eigenes Dilemma verantwortlich zu machen. Das bringt aber nichts, und ich selber habe das nie getan. Ich wusste doch, dass ich mich über Gebühr strapaziert hatte. Aber das war mein Leben, und ich sparte mir meine Kraft für die Genesung auf.

Und wenn ich mir so betrachte, was ich alles gemacht habe seit dem Eingriff, dann war das nicht wenig. Sicher nicht mehr mit der gleichen Kraft, aber der notwendigen Intensität. Ein Arzt sagte: „Schonen Sie sich“, der andere: „Hören Sie bloß nicht auf zu arbeiten“. Wie auch immer, man muss das rechte Maß finden.

Das war anfangs gar nicht so einfach. Ich hatte Wiederaufnahmeproben in München für „Gut gegen Nordwind“ bereits Ende Oktober. Wie komme ich hin? Wer trägt oder hebt mir den Koffer? Schwindelgefühle, Unsicherheiten, die Verarbeitung der Narkose, die immer länger dauert als man gesagt bekommt, begleiteten mich.

Dennoch war ich bis heute, und es ist noch nicht mal ein Jahr her (im Augenblick dieses Berichtes), über achtmal in München, zweimal in Düsseldorf, habe ein neues Stück probiert, war 5 Wochen ganz in München, fuhr einige Male nach Frankfurt und zurück. Anfang Februar 2014 war Premiere mit dem Stück. „Alle sieben Wellen“, der Fortsetzung von „Gut gegen Nordwind“. Das Stück lief danach auf Tournee durch Deutschland mit großen Erfolg überall. Wenn ich mir das betrachte, dann hat es sich schon gelohnt, immer wieder anzufangen, immer wieder Dinge zu realisieren, obwohl die physischen Kräfte nachgelassen haben.

Ja, ich bin mit meinen Krankheiten sehr gut gefahren, kann bis heute meine Verpflichtungen erfüllen. Ich will keine neue Karriere mehr machen. Ein Geschenk war, und das habe ich Ralf Bauer zu verdanken, dass ich nach meinem Weggang vom Frankfurter Volkstheater so gut in München aufgenommen wurde.

Ich wohnte dort zeitweise im „Bayerischen Hof". Da das Theater sich im selben Haus befindet, war es sehr angenehm, direkt vom Zimmer auf die Bühne zu gehen. Bemerkenswert für mich war, dass ich nach 42 Jahren wieder auf der Theaterbühne stand, auf der ich mit Harald Juhnke und Hans Clarin in dem Stück „Ein seltsames Paar" von Neil Simon viele Wochen gespielt hatte.

Man geht mit allem, was man macht, ein Risiko ein, und die überwiegende Meinung meiner Ärzte war: Machen Sie, was Sie können, es kann gut gehen oder auch nicht. Man spürt ja selber am besten, wie man seine Kraft noch einsetzen kann.

Und dann passierte es erneut. Am 20. April 2014 saß ich mit Freunden der täglichen Hundegruppe im Café Siesmayer in Frankfurt, und mitten im Gespräch sackte ich zusammen, war für einen Moment weg. Bis man den Notarzt hatte rufen können, war ich schon wieder bei mir – und dank meines Defibrillators wurde ich erneut wieder ins Leben zurückgerufen.

Danach trug man mir auf, ein halbes Jahr, sprich sechs Monate, kein Auto zu fahren, denn wenn wieder so ein Schwächeanfall aufträte, und man gefährdet dann andere, ist es unverantwortlich.

Das hat mich anfangs fast in die Panik getrieben. Ich lebe allein, wer besorgt dann was, wie komme ich zu meinen täglichen Bedürfnissen wie zur Tageszeitung. Das lässt sich alles organisieren, und doch muss man es erst einmal begreifen. Viele Freunde sind da, die einem helfen wollen, anfangs funktioniert es auch ganz gut. Jeder steht zur Verfügung, aber wenn es länger dauert, dann gibt es viele Gründe, warum es gerade jetzt nicht geht.

Es war nicht schlimm, kein Auto zu fahren, ich habe die U-Bahn vor der Tür, den 36er Bus, ich kann mir ein Taxi nehmen. Aber erst ist man noch geschwächt, und es dauert, bis man wieder einen etwas klareren Kopf zum Denken hat.

Am Schlimmsten war: Wie komme ich zu meinen morgendlichen Hundespaziergängen in den Grüneburgpark. Ich fuhr sonst immer kurz vor 7 Uhr hin, machte den Spaziergang, und auf der Rückfahrt machte ich beim Zeitungsmann an der Ecke Reuterweg/Grüneburgweg Halt, kaufte meine Tageszeitungen, fuhr dann weiter zum Bäcker, zum Metzger, wenn nötig zum Lebensmittelmarkt – und dann war ich bereit für den Tag. Jetzt aber stand ich da, konnte meine vertrauten Wege nicht nehmen. Inzwischen hat sich jedoch vieles eingependelt und meine Panik vertrieben.

Jeden Morgen stehe ich jetzt um 6.20 Uhr auf und mache mich um 6.45 Uhr auf den Weg. Dann gehe ich Richtung Universität über den menschenleeren Campus, den schönsten Campus den ich kenne, und wenn man dann ab und zu einzelnen Menschen begegnet, grüßt man sich, obwohl man sich gar nicht kennt.

Schließlich führt der Weg in den Grüneburgpark, wo ich mich der Hundegruppe anschließe, und auf dem Rückweg flattern mir schon die Raben entgegen, die auf ihre Erdnüsse warten, und die ersten Studenten kommen mir von der U-Bahn entgegen.

KREISE, DIE SICH SCHLIESSEN

Einige Lebenskreise haben sich geschlossen. Vor 42 Jahren spielte ich, wie schon erwähnt, das erste Mal in München Theater, dann nie wieder, und jetzt konnte ich bereits zwei Stücke an ein und demselben Theater in München inszenieren.

Im Frühjahr 2014 besuchte ich eine Vorstellung meiner Inszenierung „Alle sieben Wellen“ in Lindau. In Lindau habe ich 1960 den ersten Schritt zum Berufstheater getan, von Memmingen aus. In Lindau spielte man damals schon in einer umgebauten Kirche, die heute noch ein Kulturzentrum ist. Das war der zweite Kreis.

Der dritte Kreis war eine Vorstellung im Februar 2014 in der Stadthalle in Hofheim. Hier bin ich geboren, groß geworden, habe hier die ersten Kontakte zu Künstlern gesucht und gefunden, und die Hofheimer sind mir ein Leben lang treu geblieben. Dafür danke ich ihnen noch heute. Es war für mich schon berührend, an dem Ort zu sein, wo ich angefangen habe. Hier schloss sich der dritte Lebenskreis in relativ kurzer Zeit.

Im Mai 2014 wurden wir mit „Gut gegen Nordwind“ zu den „Bayerischen Theatertagen“ eingeladen. Das war eine große Anerkennung. Gespielt wurde im altehrwürdigen Markgräflichen Theater in Erlangen. Hier habe ich vor meiner eigentlichen Theaterzeit mit der Studentenbühne, der „Neuen Bühne“ in Frankfurt, viele Jahre an den Erlanger Theatertagen der Studentenbühnen teilgenommen. Damals war es noch ganz unsicher, ob ich wirklich am Theater landen würde. Aber es war eine große Zeit mit vielen Studententheatergruppen aus aller Welt. Hier traf ich den jungen Günter Grass, Martin Walser, Hans Magnus Enzensberger.

Nach über einem halben Jahrhundert war ich das erste Mal wieder in der Stadt, die mich den Weg zum Theater finden ließ. Ich suchte die vertrauten Orte und Plätze und musste erkennen, dass außer dem Café Mengin, einem damaligen Treffpunkt, nichts mehr zu finden war. Ja, man lebt seine Nostalgie, spürt vielleicht da und dort noch einen Hauch der Vergangenheit. Aber wenn man ehrlich ist, bleibt doch, was man in Erinnerung hatte, Vergangenheit. Man kann nach so vielen Jahren nicht der eigenen Nostalgie hinterherlaufen. Das ist nicht schlimm, aber man muss feststellen, dass es so ist. Das war innerhalb eines Jahres der vierte Lebenskreis, der sich für mich schloss.

Noch etwas will ich erzählen. Die männliche Rolle in „Gut gegen Nordwind" heißt „Leo", und „Leo" war die erste Rolle, die ich bei der „Neuen Bühne" der Frankfurter Studentenbühne spielte. In der Uraufführung des Stückes „Hochwasser" von Günter Grass unter der Regie von Karlheinz Braun. Jahrelang hat man in der ganzen Welt gewusst, wer „Leo" bei den Studententheaterfestivals war. Ich hatte eine gewisse Aufmerksamkeit erzeugt, da ich die jeweilige Theaterzeitung des Festivals ankündigte und verkaufte. Und dann begegnen mir der Name und der Ort nach 57 Jahren wieder.

Ich möchte nicht zu viel Metaphysik in diese Lebenskreise hineininterpretieren, aber mir gefällt, dass es mir aufgefallen ist, und so ganz im Stillen billige ich mir zu, dass mein Leben unter einem guten Stern gestanden hat. Wichtig ist, dass man sich erinnert, aber sich nicht im Vergangenen verliert.

...UND ES LOHNT SICH IMMER NOCH

Nach gelungener Premiere von „Gut gegen Nordwind“ fuhr ich von München nach Frankfurt zurück mit dem Gefühl: Das hast du auch wieder geschafft! Das hat mir Kraft und Mut gegeben, nachdem man mir zum Neuen Jahr 2014 gesagt hatte, na ja, wir wünschen dir, dass es ein besseres Jahr wird als das vergangene Jahr.

Nun ja, als so schlimm empfand ich das Jahr gar nicht, zumal ich alles gut überstanden habe und sogar noch zufrieden sein konnte mit meiner Arbeit. Und die nächste Produktion, „Alle sieben Wellen“, die Fortsetzung von „Gut gegen Nordwind“, lag vor mir. Woher ich immer wieder die Kraft nehme? Ich weiß es nicht. Ich halte mich nicht so lange auf mit dem, was ist, sein könnte oder eventuell noch auf mich wartet. Es hat sich immer wieder herausgestellt, dass die Kraft, die ich brauchte, um die Möglichkeiten, die auf mich zukamen, zu meistern, immer da war. Zu glauben, man wäre noch 70 oder sogar 60, das sollte man besser bleiben lassen.

Gelassenheit ist das Wort. Verständnis zu haben für den anderen, neugierig zu bleiben, den Jüngeren ihren Weg zu lassen. Ich habe vor kurzem in einem Büchlein des Philosophen Wilhelm Schmid gelesen. „Die Jüngeren, bin ich überzeugt“ sagte er, „haben immer recht und wenn nicht, haben sie dennoch recht, soll heißen: Sie haben alles Recht der Welt, ihre eigenen Erfahrungen zu machen. Sollten es schlechte Erfahrungen sein, werden sie daraus lernen.“ Diese Sätze gefallen mir. Das ewige Rumgenörgel an der Jugend geht mir auf die Nerven. Haben wir immer alles so gemacht, wie es die Eltern wollten? Keine Generation hat das getan. Jede Generation hat ihre eigenen Aufgaben. Die Jugend von heute lebt unter einem ganz anderen Druck. Früher studierte man und wusste, damit kannst du nach dem Studium mal deinen

Premiere in München „Alle sieben Wellen"

Weg gehen. Heute gibt es unzählige Studiengänge und keine Gewissheit, ob man nach dem Studium auch eine Anstellung bekommt.

Es wächst eine Generation auf, die Krieg nur vom Hörensagen kennt, sich vielleicht nicht bewusst ist, wie wichtig ein Europa ohne Grenzen ist. Das hat viele Jahrzehnte lang kriegerische Auseinandersetzungen, die es immer gab, verhindert. Weiß man denn, was in den nächsten Jahren, wenn wir vielleicht nicht mehr da sind, für die heutige Generation noch kommen kann? Alte Machtstrukturen brechen wieder auf, die wir längst überwunden zu haben glaubten.

Wir werden eben immer älter, und mit dem Älterwerden kommen auch mehr Beschwernisse körperlicher und geistiger Art dazu. Dankbar kann der sein, den es nicht so trifft. Früher sagte man, meine Großmutter mütterlicherseits ist mit 82 gestorben, sie war verkalkt. Heute nennt man das Demenz.

Ich möchte nicht den Eindruck hinterlassen, dass ich die Krankheiten nicht ernst nehme, jeder hofft und wünscht sich ja, dass er älter wird, aber nicht in diesen Zustand kommt. Ob jedoch die neuen Medikamente der Pharmaindustrie wirklich helfen?

Ich möchte immer wieder auf das zurückkommen, was man alles noch bewältigen kann. Dass es nicht einfach ist, sagt ja keiner, gesund stirbt auch keiner. Irgendwas hat jeder. Wie man damit umgeht, ist das Wichtigste. Mein Verhalten ist auch nicht beispielgebend für andere.

Ich hatte das große Glück, noch Vieles machen zu können und natürlich auch zu wollen. Das hat mich ein Leben lang begleitet. Diese Gelegenheit hat nicht jeder. Joachim Fuchsberger hat einmal gesagt. „Älter werden ist nichts für Feiglinge". Ja, das stimmt schon, aber man wird auch nicht gefragt, ob man feige sein will oder mutig sein muss. Jeder muss seinen eigenen Weg finden.

Zurück in die jüngere Vergangenheit, in das Jahr 2014. Silvester habe ich wieder in München verbracht, die Freundschaft mit Helmut Markwort hat sich intensiviert. Wenn etwas gefeiert wird, werde ich geladen und ich fahre gerne hin.

bei Markworts in München mit Patricia Riekel, Helmut Markwort und Ralf Bauer

Kurz danach war ich wieder in München zu den Proben des neuen Stückes „Alle sieben Wellen“. Insgesamt fünf Wochen war ich da. Das Theater stellte mir in einem zentral gelegenen Hotel ein Appartement mit zwei Zimmern zur Verfügung, in dem ich die Kraft schöpfen konnte, die ich bei den Proben brauchte.

Alles lief gut, ich bin sogar einige Male, wenn übers Wochenende keine Proben waren, nach Frankfurt gefahren. Wenn ich so zurückblicke und die Worte der Ärzte höre: „Schonen Sie sich bitte, wenn sie noch etwas leben wollen“, bin ich heute noch dankbar, dass ich es geschafft habe. Sehr dabei geholfen hat mir Ralf Bauer, der mich morgens am Hotel abholte und zu den Probenräumen fuhr. Ich fange immer pünktlich an, ich mache keine Endlosproben. Ich arbeite ohne Pause konzentriert einige Stunden, dann ist es auch genug.

Viel probieren bringt nicht immer mehr Erfolg. Meistens wird zu viel geredet und unnötig Zeit verplempert. Da kam mir die Eigenart von Ralf Bauer sehr zupass, dass er immer zu einer ganz bestimmten Zeit etwas essen muss. Und so sind wir regelmäßig nach der Probe indisch, ayurvedisch, vegetarisch, manchmal auch urbayerisch essen gegangen, bevor er mich wieder ins Hotel gebracht hat. Ich kam so auch zu regelmäßigem Essen, was ja nicht ganz so unwichtig ist für den Tagesablauf. Dafür danke ich Ralf heute noch, und wenn man dann am Mittagstisch nicht nur über Theater redet, sondern sich auch anderen Themen widmet oder auch mal schweigen kann, ist das ein guter Tag.

Ich wäre natürlich gerne in ein Konzert oder in die nahegelegenen Theater gegangen, hätte mich gern – wie früher – mit Freunden getroffen. Dafür reichte die Kraft noch nicht aus. Sie reichte nur für die Arbeit. Die letzten Tage vor der Premiere, die am 11. Februar 2014 in Langen bei Frankfurt stattfand, konnte ich dann wieder im eigenen Bett schlafen. Die Premiere und die nachfolgende Tournee waren ein voller Erfolg. Was mich erstaunte. Das erste Stück von Daniel Glattauer, „Gut gegen Nordwind“ ist für mich dramaturgisch das bessere Stück, die Vorstellung hatte überall großen Erfolg. Das nachfolgende Stück „Alle sieben Wellen“ ist meiner Meinung nach dramaturgisch nicht ganz so wirksam gebaut. Aber es wurde ein noch größerer Erfolg.

Das ging mir am Volkstheater Frankfurt auch schon mal so mit „Don Camillo und Peppone“. Jeder meinte, dass das nach dem großen Kinoerfolg gar nicht auf der Bühne ginge. Hans Zürn spielte den „Don Camillo“, und das Publikum hat das Stück geliebt. Dann spielten wir in der nächsten Spielzeit das Folgestück „Don Camillo und seine Herde“. Für mich ebenfalls nicht mehr so stark wie das erste. Und was geschah: Dieses Stück wurde ein noch größerer Erfolg! Vielleicht hatte man mit dem jeweils ersten Stück das Interesse für das zweite gelegt.

So haben sich die Ereignisse von 2013 schließlich doch sehr positiv entwickelt. Dankbar muss ich vor allem Ralf Bauer sein, der mich als Regisseur haben wollte, und der Theaterleiterin, Margit Bönisch in München, die hatte es dann auch akzeptiert. Und die mir, als meine Tätigkeit am Volkstheater vorbei war, sagte: „Na, jetzt sind Sie ja bei uns". Das hat nicht nur gut getan, es hat mir Mut und Freude geschenkt. So stehe ich noch mitten im Theaterleben, nicht mehr ganz so präsent wie früher. Ich muss ja keine Fußstapfen hinterlassen. Mir reicht es, wenn die Schauspieler ihren Erfolg haben. Dann habe ich ihn auch. Ich habe schon versucht, mit einer anderen Gelassenheit an die Dinge ranzugehen. Und ich gehe verantwortungsbewusst mit meinem Leben um. Wenn ich ein Resümee ziehen kann für das vergangene Jahr, sage ich: Es hat sich sowas von gelohnt, und dafür bin ich dankbar.

Es ist ein großes Glück, immer noch Aufgaben zu haben, die man erfüllen und zum Erfolg führen kann. Freude an der Arbeit und noch seinen Platz unter den Menschen zu haben, auch wenn sich die Zahl der Freunde reduziert. Aber das geht ab einem gewissen Alter jedem so. Darum kann ich nur allen empfehlen, Freundschaften und die Familie zu pflegen. Sie sind das Wichtigste im Leben. Man kann gar nicht genug dafür tun, diese Verbindungen immer wieder zu aktivieren.

Im Oktober 2014 waren dann Wiederaufnahmeproben zur Münchner Premiere mit „Alle sieben Wellen".

Und am 1. und 15. November wurden als besonderer Event beide Stücke „Gut gegen Nordwind" und „Alle sieben Wellen" an einem Abend gespielt.

UND ES LOHNT SICH DOCH
...auch zu reisen

Ich bin sehr gerne zu Hause in Frankfurt, aber ich muss dann wieder mal weg, um wieder heimkommen zu können. Man muss wegfahren, um wieder heimzukommen. Wenn man immer daheim bleibt, kennt man dieses wunderbare Gefühl nicht. Ich habe viel von der Welt gesehen – und auch schon darüber geschrieben. Ich war in Australien und Neuseeland, in Rio de Janeiro, und dank Schwester und Schwager habe ich die USA von Los Angeles, Hawaii bis New York und Connecticut erlebt und Kanada von Quebec bis Vancouver, Montreal und Ottawa.

Ich war in Costa Rica und in der Karibik. Alle europäischen Länder habe ich bereist, bis auf den östlichen Teil. Ich wäre gerne mit der Transsibirischen Eisenbahn von Moskau nach Irkutsk und dann über China wieder zurückgefahren. In Hongkong war ich und in Thailand. Obwohl ich immer den Eindruck hatte, ich bin nur zu Hause und komme nie weg, aber wenn ich so aufzähle, wo ich überall gewesen bin, dann muss ich ab und zu mal von zu Hause weggewesen sein.

Ich habe auch die Zeit genutzt, nach Erscheinen meines ersten Buches und zwischen den Leseabenden noch einige weite Reisen zu unternehmen. Dazu trug vor allem meine Schwester Beate bei, die ihre Freude an Kreuzfahrten gefunden hat.

Beate ist gerne unterwegs, aber reist nicht so gern. Ihre vielen Umzüge in den USA und Kanada haben ihr gereicht, dazu noch die alljährlichen Besuche in der alten Heimat. Aber sie genießt es, mit einem Schiff fremde Länder zu besuchen, man muss sich nicht jeden Tag ein neues Hotel suchen, man hat seine Behausung. Muss sich nicht den Tagesaktivitäten hingeben, wird bedient, kann sich seinen Tag frei gestalten, frei von allen Verpflichtungen.

Ich war bis dahin, ich muss ehrlich ein, kein allzu großer Freund von Kreuzfahrten. Ich erobere mir gerne ein Land und lerne es nun nur durch Stippvisiten kennen. Heute da, morgen dort, wie soll da was hängen bleiben. Auch das Gleichmaß des Schiffsalltags war nicht so mein Ding.

Und trotzdem habe ich mich animieren lassen, einige Fahrten mitzumachen, in Gegenden, die ich sonst nie kennengelernt hätte. Und ich gestehe, ich bin gerne am Wasser, ich bin gerne auf dem Wasser, aber ich bin nicht gerne im Wasser. All diese Bedürfnisse erfüllt natürlich eine Kreuzfahrt. Und ich stehe gerne an einer Reling und sehe in die Weite, die keine Begrenzung hat.

Siesta in der Karibik

Die erste Kreuzfahrt war eine Fahrt durch die Karibik. Das Lebensgefühl hat mir gut gefallen. Ich war vorher schon auf der kleinen Insel Bequia, der größten Insel der Grenadinen und auf Barbados. Mir hat immer die lässige Art der Kreolen, das Schicksal anzunehmen, imponiert. Ich erinnere mich an einen Silvesterabend auf Bequia. Ich habe von irgendwoher Orgelklänge und Weihnachtsgesänge gehört, die mir sehr heimisch vorkamen. In einer nahegelegenen Kirche wurde, wie bei uns auch, ein Gottesdienst zum Jahresende gefeiert. Ich weiß nicht, war es eine katholische, eine evangelische, eine anglikanische Gemeinde, es waren jedenfalls nur Kreolen anwesend.

Sie sangen mit Inbrunst die auch mir bekannten Weihnachtslieder in ihrer Sprache, und am Ende lagen sich alle in den Armen. Ich gehörte auf einmal auch dazu, von allen

Willkommen auf der Kreuzfahrt in die Karibik

begeistert umarmt, und man wünschte sich ein gutes Neues Jahr.

Die Bevölkerung ist ärmer, aber sie erscheint zufriedener, lebensbejahender. Vor allem die große Welt ist weit weg mit ihren Problemen. Man spürt sie nicht.

Ich war erstaunt, wie gut organisiert so eine Kreuzfahrt ist, nichts ist dem Zufall überlassen, alles ist so angelegt, dass es kaum zu Stauungen kommt. Die erste Fahrt war auf einem Schiff der Regent „Seven Seas Navigator", das war eine Lesereise der kanadischen FAZ, „The Globe and Mail", 700 Passagiere mit fast 400 Mann Personal.

Später fuhren wir auf größeren Schiffen der Princess- und Celebrity-Gruppe, auf Schiffen mit fast 3000 Passagieren.

Vielleicht war es bei der kleinen Passagieranzahl ein wenig persönlicher. Aber auch auf den größeren Schiffen kann man seine Individualität leben. Der allgemeine Rummel ist etwas stärker, aber man findet immer wieder Plätze, wo man in Ruhe sich aalen kann. Ich habe noch Fotos von Sonnendecks, wo 100 Liegestühle aufgestellt waren und nur ein Mensch sich dort aufhielt. Sicher kann man auch da sich aufhalten, wo viele Menschen sich drängen, aber es kann jeder bestimmen, in welcher Ruheecke er sich aufhalten will. Und wenn man gar keinen Menschen sehen will, dann kann man ja auch daheim bleiben. Ich kann nicht an der Eschersheimer Landstraße wohnen und keine Autos sehen und hören wollen.

Alles ist nicht mehr so formell wie früher einmal. Jede Woche wird ein Abendessen geboten, deklariert mit „Formal Dress", aber es ist auch nicht mehr so, dass man im Smoking erscheinen muss. Jeder kann so kommen, wie er sich einigermaßen gut angezogen vorkommt. Wenn man keine Lust hat auf solche Veranstaltungen, dann besucht man eben die vielen anderen Restaurants, in die man kommen kann, wie und wann man will.

wegen Überfüllung geschlossen

Es ist auch einmal schön, wenn man eine Woche in „Räuberzivil“ unterwegs war, sich dann ein bisschen „sonntagsfein“ zu kleiden. Es muss ja nicht mit Schleife sein. Es gibt noch größere Schiffe mit fast 6000 Passagieren und über 2000 Mann Besatzung. Die „Oasis of the Seas“ und die „Allure of the Seas“ sind uns in Fort Lauderdale begegnet. Sie alle haben die Dimension einer Kleinstadt.Sie sind schon beängstigend groß, vielleicht ein bisschen zu groß.

Die erste Kreuzfahrt führte uns in die Karibik, wie schon erwähnt. In Fort Lauderdale haben wir den Komiker Otto besucht, der privat gar nicht so komisch ist, und haben mit ihm einen angenehmen Abend verbracht. Am nächsten Morgen ging es aufs Schiff. Der erste Halt war Ponce auf Puerto Rico. Dort hielt zum ersten Mal ein Kreuzfahrtschiff, und wir wurden einem größeren Begrüßungsritual unterworfen: Karibische Tänzer, karibische Klänge. Ich erinnere mich:

Besuch bei Otto in Fort Lauderdale mit Schwester Beate und Schwager Hans

Nach einer Stadtbesichtigung setzte ich mich auf eine Bank, und neben mir saß ein nicht mehr ganz so junger Mann, der gemerkt haben musste, dass ich Deutscher war. Er fing auf einmal an, in einem sehr ordentlichen Deutsch Goethe zu rezitieren. Ich war schon nicht wenig erstaunt.

„Hab nun ach! Philosophie Juristerei und Medizin,
Und leider auch Theologie
Durchaus studiert mit heissem Bemühn.
Da steh ich nun, ich armer Tor,
und bin so klug als wie zuvor."

Goethe in der Inselwelt der Karibik zu hören, war mir neu. Der Mann war noch nie in Deutschland, hatte sich das Deutsch selber beigebracht und immer nur den Wunsch, Deutsch zu lernen, zu verstehen und eines Tages auch mal nach Deutschland zu fahren. Also Goethe überall, selbst in der Karibik.

Es ist nicht einfach, die einzelnen Inseln einzuordnen, es braucht lange, bis man weiß, wo man ist. Da gibt es die Inseln über dem Wind und die Inseln unter dem Wind. Sie ähneln sich alle etwas, es fehlt die Eigenart. Die es sicher gibt, die man aber nicht so schnell erkennt. Es braucht ein wenig mehr Zeit als eine Stippvisite, um den amerikanischen, den britischen, den französischen, auch den holländischen Einfluss zu erspüren. Denn jeder Inselstaat war abwechselnd dem jeweiligen Einflussbereich unterzogen.

Nach Ponce waren wir auf dem Weg nach St. Thomas, wo ich vor einigen Jahren das letzte Kapitel meines ersten Buches geschrieben habe. St. Thomas gehört zu den US Virgin Islands. Eine gewisse Vertrautheit war da, ich war ja schon einige Male hier. Die Dänen waren schon vor einigen hundert Jahren hier. Es gibt in St. Thomas die älteste jüdische Synagoge in der Karibik. Es gibt ein halb verfallenes Fort und eine Seilbahn mit einer „Million Dollar View".

Ein Tag später Ankunft in St. Kitts. Ich habe eine Fahrt mit einer alten Eisenbahn gemacht, mit dem einzigen Zug, den es in der Karibik gibt. Die Lokomotive wurde einst in Rumänien gebaut, dann war sie in Polen, und schließlich kam sie über den Atlantik zu der Zuckerinsel St. Kitts, wo mit ihr damals das Zuckerrohr transportiert wurde. Heute geht die Zuckerfabrikation andere Wege, und die Bahn ist eine Touristenattraktion. Die Fahrt in doppelgeschossigen Waggons auf schmalspurigen Gleisen, voran eine Art Draisine, die kontrolliert, ob die Gleise noch befahrbar sind. Dann geht es ratternd, rüttelnd durch Bananenfelder, Zuckerrohrfelder, durch Ortschaften, kleine, ärmere und wohlhabendere. Auf den Inseln St. Kitts und Nevis funktioniert das Schulsystem. Alle Kinder tragen Einheitskleidung, sie werden vom Kindergarten bis zur Collegereife betreut, alles kostenlos, auch das

Tourist in St. Thomas (US. Virgin Islands)

Studieren. Wenn man das Land verlässt und woanders sein Geld verdienen will, muss man alles zurückbezahlen, was der Staat bis dahin ausgegeben hat. Ich finde das ein tolles einheitliches System. Bei uns geht es um Länderkompetenzen, G8, G9, die Bayern gegen den Norden. Warum gelingt es nicht, bei uns ein einheitliches Schulsystem zu etablieren? All diesen Kleinkrieg gibt es hier nicht. Hier geht man davon aus, dass man nur mit der Jugend und dem, was man ihr beibringt, punkten kann. Man lädt sogar ausländische Studenten zum Studieren ein.

Der Zug rattert, rüttelt und schüttelt weiter, freie Drinks gibt es, von Rumpunsch bis Pina Colada, von der Alkoholmenge wird man nicht betrunken. Drei Stunden dauert die Fahrt um die Insel. Nevis, die Nachbarinsel, gehört mit zum „Staatenverbund". Die meisten Geschäfte werden von Indern geführt, und die Preise sind keine unverschämten Touristenpreise. Das habe ich auch auf den anderen Inseln festgestellt. Man fragt immer, ob man wiederkommen will, und freut sich, wenn man die Frage bejaht. Der Tourismus ist ein wesentlicher Teil des Wohlstands, wie groß der auch immer ist. In Antigua habe ich an einer Katamaranfahrt teilgenommen. Ich erinnere mich an eine ähnliche Fahrt von Bequia vorbei an der Promiinsel Mustique, auf der Mick Jagger, Prinzessin Margaret und viele Showgrößen ihre Häuser haben, bis hin zu den Tobago Cays, wo es Wasser mit allen Grünschattierungen gibt. Je tiefer das Wasser ist, umso bunter wird es. Dazu ist es ein Schnorchlerparadies, selbst mit bloßem Auge erkennt man die Fischwelt in einer unvorstellbaren Buntheit. Hier hat die Natur ihr Wunderhorn reichlich ausgeschüttet. Dass ich den Mut hatte, auf einem Segel auf dem Vorderschiff, darunter nur Wasser, mich zu sonnen, wundert mich heute noch.

Ich bin nicht schwindelfrei. Ich erinnere mich an einen Besuch in Vancouver. Dort gibt es eine Suspensionbrigde, die die Stadt mit dem Freizeitgelände Grouse Mountain verbindet.

Ich, mutig, gehe selbstbewusst und aufrecht, über die Brücke, unter mir ein tiefer Abgrund. Als ich gut auf der anderen Seite angekommen war und zurückblickte und dann in die tiefe Schlucht sah, wurde es mir ganz anders. Ich wollte nicht mehr zurück gehen.

Was blieb mir übrig, ich konnte ja nicht auf der anderen Seite bleiben. Also nahm ich meinen Mut zusammen, und an den schwankenden Seilen mich festhaltend, so langsam es ging, fast kriechend wieder auf die andere Seite gerobbt. Nie mehr will ich über eine solche Hängebrücke gehen. Dann war ich aber doch wieder mutig genug, auf das Sonnendeck des Katamarans mit schwebendem Untergrund zu gehen.

Die Wahrzeichen der Insel St. Lucia sind die Pitons, die zwei Felsspitzen, die auf jeder Postkarte oder auf jedem Prospekt zu sehen sind und die man sich vom Wasser und vom Land aus erobern kann. Ich habe mir die Pitons vom Land aus erobert. Die Tour ging zu einem Resort auf der Spitze Ledora, das direkt zwischen den beiden Pitons angesiedelt ist, ein Resort mit ineinander geschachtelten Holzhäusern. Denzel Washington und auch die Clintons sollen schon hier gewesen sein. Man konnte den Pitons fast die Hand geben, so nah waren sie. Dann ging es wieder zurück zum Schiff, die Tour durch das Land hatte doch fast sechs Stunden gedauert.

Eine Trauminsel ist St. Barths, eine der schönsten Inseln des Archipels, und man kann nur den Atem anhalten, wenn man die Schönheit dieser Insel spürt und sieht. Egal wo man ist oder steht, man hat atemberaubende Ausblicke. St. Barths gilt als die Insel der Reichen, die mit Privatjets ankommen, Rudolf Nurejew, der russische Tänzer, hatte dort ein Haus. Traumhaft schöne Bilder prägen sich einem ein. Wer denkt dann schon daran, was in Europa oder in anderen Gegenden der Welt geschieht. Es ist alles so weit weg.

Dann gibt es noch zwei kleine Inseln, die keiner kennt. Grand Turk und Caicos. Wir mieteten uns ein Privattaxi, diese sind oft billiger als die vom Schiff aus organisierten Busse.

Das Interessante war nicht die Insel, sie war halt so wie alle Karibikinseln, für Schwimmen und Schnorcheln großartig, das Wasser so blau und grün und sauber. Aber wir hatten eine kreolische Mutter als Fahrerin, die uns mit enormer Intensität die Schönheit ihrer Insel vermittelte, die man sonst gar nicht so gesehen hätte – das war das Tollste an der Fahrt. Aber eine Hölle gibt es: So heißt eine kleine Ortschaft, die sogar ein Postamt hat.

St. Maarten oder St. Martin ist eine Insel, die zur Hälfte niederländisch ist mit der Hauptstadt Philippsburg und zur Hälfte französisch mit Margot als Hauptstadt. Nirgendwo ist eine Grenze zu spüren, alles ist fließend. Und doch spürt man die verschiedenen Einflüsse.

Auf den Cayman Islands gibt es die vielen Briefkastenfirmen, in denen das mehr oder weniger ehrlich verdiente Geld der Welt sich noch weiter vermehren soll. Wenn man dort ist, spürt man davon nichts. Keine großen Bankhäuser, keine zentralen Verwaltungen, alles arbeitet im Stillen, und nur die Insider merken, dass sich dahinter ein unkontrollierbares Steuerparadies befindet. Die Schönheit der Insel besteht wieder aus dem Wasser, aus Tauchen. Es ist eine freundliche Idylle. Dann ging es weiter nach Honduras mit der vorgelagerten Insel Roatan. Hier wurde im Umfeld der Schiffsanlegestelle ein Einkaufszentrum geschaffen, wo man alles kaufen kann, das Beste, Schönste und Teuerste der ganzen Welt. Geht man aber nur einige Schritte hinter das eingezäunte Touristenareal, findet man die größte Armut, die ich auf meinen Reisen je erlebt habe. Menschen in verfallenen Hütten, Bettelnde und Kranke, so wie man es von den Klischeebildern kennt – hier werden sie zur Realität. Es ist schwer, den Unterschied zu ertragen, hier der Wohlstand, der Reichtum, das Übermaß und dort die hilflose Armut. Wenn man ein paar Gedanken nur darüber verwendet, braucht man eine gewisse Zeit, um das Wohlbefinden an Bord wieder aufzunehmen.

Die Reise führte uns weiter nach Mexiko, auf die Insel Cozumel. Hier war wieder Tourismus pur, die alten Inkaruinen, die man sich erwandern muss, bei über 40 Grad Hitze. Sie sind beeindruckend und machen einen hilflos zugleich. Man fragt sich, wie diese Bauwerke vor vielen Jahrtausenden entstanden sind. Und dass eine Kultur auch wieder vergehen kann, darüber sollte man mal nachdenken, und wie lange es noch dauert, bis unsere Lebensweise nicht mehr lebensfähig ist. Aber die Tempelanlagen sind beeindruckend, und wenn man von ihnen wieder zurückkommt, spürt man den Tourismus an den Stränden. Es sind zwei Welten.

Eine andere Reise führte uns zu den sogenannten ABC – Staaten im Süden der Karibik. Aruba, Bonaire und Curaçao. Aruba und Curaçao sind autonome Länder innerhalb des Königreiches der Niederlande, Bonaire untersteht noch direkt den Niederlanden.

Vor allem die Bewohner von Curaçao sind überzeugte Royalisten, und wenn die holländische Königin Beatrix kam oder jüngst der König Willem Alexander einen Staatsbesuch machte, feiern sie ihre Königin bzw. jetzt ihren König. Man spürt den holländischen Einfluss, alles ist wie in dem Land, das sie einmal erobert hat: Sauber, adrett, für die Karibik außergewöhnlich. Als wir das erste Mal da waren, hatte gerade Prinz Friso seinen schweren Skiunfall, alle Einwohner nahmen Anteil daran und trauerten.

Da fällt mir ein: Was ist Papiamentu? Das wäre eine Frage für Günther Jauchs „Wer wird Millionär?" Ich frage: Weiß jemand, was Papiamentu ist?

A: eine Karibische Frucht
B: ein kreolischer Stamm
C: gedrucktes Papier
D: eine sprachliche Abart oder Ähnliches.

Überall wo ich zu Hause in Europa gefragt habe: Wisst ihr, was Papiamentu ist? Keiner hat es gewusst. Ich werde es verraten: Papiamentu ist eine kreolische Sprache, die sich verbindet mit Spanisch, Portugiesisch, Holländisch usw. Man glaubt es nicht:

Vielen Dank heißt:	*Mucho danki*
Willkommen heißt:	*Bon bini*
Guten Tag:	*Bon tardi*
Guten Abend:	*Bon nochi*
Shushi:	*heißt alles, was schlecht ist*
Dushi:	*heißt alles, was gut ist*
Kuchen:	*kuki*
Der Schlaf heißt:	*drumi*
Bin zurück heißt:	*bin bek*

Papiamentu ist die erste Sprache auf den Inseln, jeder muss sie beherrschen, erst dann kommt Holländisch oder Englisch und Spanisch. Es gibt sogar ein Wörterbuch Deutsch-Papiamentu.

Grenada. Was wollten, denke ich, die Amerikaner eigentlich mit ihrer Invasion 1983 bewirken, als sie die bezaubernde Gewürz- und Kakaoinsel besetzten. In der offiziellen Antwort war laut Angaben der US Regierung von „Gefährdung amerikanischer Bürger auf Grenada und ein Hilferuf der Organisation Ostkaribischer Staaten!" die Rede.

Im Sommer 2014 glaube ich mich zu erinnern, diese Argumentation kürzlich irgendwo gehört zu haben. Waren das nicht auch die Gründe für die Okkupation der Krim oder der Ostukraine? Nur kam die Aussage von einer anderen Seite.

Einen wesentlichen Unterschied gibt es aber. Die Amerikaner haben die Insel nach acht Tagen wieder verlassen ohne einen Schuss, und ohne einen Toten zu hinterlassen. Von dieser achttägig anhaltenden Invasion ist heute längst nichts mehr zu spüren, und die für die Vielzahl ihrer Gewürze berühmt gewordene Insel bleibt eine Naturschönheit.

Es waren unvergessene Eindrücke, im Nachhinein so verschieden, wie man es sich kaum vorstellen kann.

Der Besuch einer Gewürzfabrik. Wer weiß schon, wie die Muskatnuss beim Pflücken ausgesehen hat. Und wer weiß schon etwas von der Kakaobohne, woher sie kommt und was mit ihr auf ihrem Weg zur Schokolade geschieht.

Es ist eine scheinbar heile, schöne Welt mit vielen Rissen, die man aber nicht sehen will. Und die Inseln brauchen die Touristen, um überleben zu können. Wobei mir auffiel, dass die, die weniger haben, friedlicher mit sich und anderen sind. Sie sind lebensfroher. Wie die jeweilige politische Situation im Land ist, kann man in der kurzen Zeit des Aufenthalts natürlich nicht beurteilen. Ich füge hier einen Bericht ein, den ich auf meiner Karibikreise am 15. Februar 2011 gemacht habe.

FLUG NACH MIAMI, CRUISE KARIBIK, FORT LAUDERDALE, PRINCESS CAYS, ST. THOMAS (US VIRGIN ISLAND)

Am Flughafen in Frankfurt herrschte kein großer Betrieb. Man holt sich heute sein Electronic Ticket, man zieht sich seine Bordkarte, dann geht man zum Schalter, um einzuchecken.

Alles geht ja heute elektronisch. Wehe, wenn die Elektronik mal ausfällt. Ich sage seit Jahren: Der nächste Krieg findet im Internet statt. Einmal irgendwo eine Panne – und die Welt steht still. Die Abfertigung am Flughafen Frankfurt ging ebenfalls reibungslos. Ich bin immer rechtzeitig am Flughafen. Mir gefällt die Atmosphäre dort, und ich will mich nicht hetzen. Sobald der Koffer aufgegeben ist und ich nur noch das Handgepäck habe, schlendere ich gerne herum, gehe dann zur Sicherheitskontrolle, wo man manchmal ganz schön warten muss. Aber diesmal ging es relativ schnell. Alles war soweit – o.k. bis auf die Durchgangsschleuse. Ich hatte kein Metall oder andere vergleichbare Stücke an meinem Körper, selbst an den Schuhen war nichts, aber es piepste.

Keiner wusste, woher es kam. Ich wurde nochmals gründlich durchsucht, aber nichts wurde gefunden. Aber es piepste immer noch. Bis man meine Narbe von der Herzoperation sah und meinte, der Piepser könnte von dort kommen, dass die Einstichnarbe sich verhärtet habe, und vielleicht sei ja auch ein Draht drin. Die Haut und das Gewebe sei etwas dünner, und der dort eventuell vorhandene Draht sende Signale. Ich habe mir darüber nicht so viele Gedanken gemacht. Ich bin ja dann durchgekommen. Aber auch auf dem Schiff, auf dem nach jedem Landgang Handgepäck und der Körper abgesucht wurden nach versteckten Bömbchen oder ähnlichem, piepste es immer wieder auf geheimnisvolle Weise, und wieder war nichts zu finden. Vielleicht stimmt ja die Theorie mit dem Draht in der Narbe.

Auf dem Flug hatte ich eine Sitznachbarin, eine Dame mittleren Alters, die permanent mit einem Fuß wippte, und zwar so, dass sie vom Schienbein abwärts den Fuß in die Luft schlug, und das immer wieder. Vielleicht wollte sie einer eventuellen Thrombose zuvorkommen oder sie hatte den Veitstanz.

Was soll man machen? Sitznachbarn kann man sich nicht aussuchen. Ich konnte ihr ja nicht verbieten, ständig mit dem einen Fuß zu kicken, als wäre sie bei der Eintracht auf dem Spielfeld. Ich wollte schon der Stewardess Bescheid sagen, aber dann wartet man doch immer noch ein bisschen ab, bis man sich beschwert. Was hab ich also gemacht? Ich habe immer, wenn sie wieder anfing zu kicken, meinen Kopf in ihre Richtung gehalten und nur stur auf ihren Fuß geguckt, genauso penetrant, wie sie kickte.

Bis sie es merkte. Dann hat sie aufgehört. Inzwischen waren wir schon über Irland.

Hätte sie eine Krankheit gehabt, hätte ich mir gesagt: Na ja, sei froh, dass du nicht so ein Leiden hast, immer wenn du sitzt mit dem Fuß kicken zu müssen, immer wieder, das ist nicht schön. Es sind halt die Nerven, hätte ich mir gedacht. Sie hat sich beruhigt. Erst kurz vor der Landung in Miami fing sie wieder an, aber da konnte ich absehen, dass es nicht mehr so lang dauert. Wenn dies während des ganzen Fluges geschehen wäre, ich wäre lieber in die Holzklasse gewechselt, als so ein Nervenbündel neben mir zu ertragen. Aber Nachbarn sind so, wie sie sind. Der Flug verlief planmäßig. Was mich ja immer wieder erstaunt, dass man bereits nach Abflug minutengenau sagen kann, wann die Maschine am Zielort ankommt, und wir sind punktgenau angekommen.

INZWISCHEN WIEDER AUF DEM SCHIFF
Februar 2013

Es ist meine siebte Karibikreise, und ich sitze in meiner Kabine und warte auf das Signal der Emergency-Vorführung, die jeder mit seinem Livejackett mitmachen muss. (Und in der übernächsten Kabine ist ein Krach, als würde man Geburtstag und Silvester auf einmal feiern.) Gott sei Dank ertönt gerade das Notsignal für die Instruktion, sieben kurze Pfeiftöne, ein langer Pfeifton: Und alle müssen zumindest für jetzt ihre lauten Stimmen zurückhalten.

Menschen, die in Gruppen auftreten, sind manchmal unerträglich. Also ab in die Musterstation. Das ist die Station, in der sich die Menschen im Notfall zusammenfinden und dort auf weitere Instruktionen warten.

Und dann ist es wie im Flugzeug, wo vorgeführt wird, was im Notfall passieren soll, und keiner hört richtig zu, weil er es schon so oft gehört hat, und jeder ist froh, wenn's vorbei ist. Ich garantiere, wenn wirklich ein Notfall eintreten sollte, wissen nur ganz wenige Bescheid. Diese Übung ist aber Pflicht „by Law", also muss man sie machen. Auf dem Hinweg zur Übung, auf der Treppe, denn Aufzüge darf man nicht benutzen, hörte ich einen schönen Satz von einem Mitfahrer. Er sagte: „A happy wife is a good life." Das hat mir sofort eingeleuchtet, obwohl ich ja gar keine Frau habe. Wenn die Frau zufrieden ist, geht's dem Mann gut. Das vergessen die Männer manchmal. Na also, ein schöner Spruch, der mir gefallen hat.

Wenn man durch die Karibik mit einem Kreuzfahrtschiff fährt, ist das eine erholsame Sache. Es ist immer garantiert schönes Wetter, mit angenehmen Temperaturen um die 28 bis 30 Grad, auch für Herzgeschädigte gut zu verkraften.

Wenn man öfter fährt, kommt es vor, dass man einige Inseln auf früheren Reisen schon besucht hat. Dann gibt es den Wiedererkennungseffekt, und man bleibt manchmal auf dem Schiff und genießt. So kann man die Möglichkeiten des Schiffes nutzen, wenn die meisten Passagiere von Bord sind.

EINE OSTSEECRUISE

Ganz anders ist es, wenn man mit dem Schiff durch die Ostsee fährt. Hier kann man auch im Sommer nicht immer mit schönem Wetter rechnen. Die Anlegehäfen liegen sehr dicht beieinander. Es gibt selten, wie in der Karibik, einen Seetag. Die Städte, die angefahren werden, sind alles geschichtsträchtige Städte mit einer bewegten Vergangenheit, Städte, die uns und unserer eigenen Geschichte sehr nahe sind.

KOPENHAGEN

In Kopenhagen gingen wir an Bord. Vorher hatten wir genügend Zeit, die Stadt näher kennenzulernen. Ich war vorher schon einige Male dort. Es ist eine der schönsten Städte des Nordens – mit bei gutem Wetter mediterranem Flair.

Eine Bootsfahrt durch den Hafen muss sein. Man kommt an der neuen Oper vorbei, architektonisch einfach, ästhetisch schön, man begegnet der „Kleinen Meerjungfrau", der „Little Mermaid" (nach Hans Christian Andersen), der man schon öfters den Kopf erneuern musste, dem königlichen Palast. Die Menschen sind auf der Straße, es liegt eine Heiterkeit über der Stadt. Bis tief in die Nacht herrscht Leben und Betriebsamkeit. Der Tivoli ist ein Vergnügungspark, in dem man alles erleben kann, von klassischen Konzerten bis zu Jazzveranstaltungen und Theateraufführungen. Man kommt nicht zur Ruhe in Kopenhagen, und doch spürt man keine Hektik. Die Dänen sprechen gerne Englisch, lieber als Deutsch, obwohl sie es auch verstehen. Vor vielen Jahren, als ich am Schlosstheater Celle engagiert war, bin ich in den Theaterferien mit dem Auto nach Dänemark und Schweden gefahren, und mir fielen einige Geschichten von früher wieder ein.

Auf dem Weg nach Stockholm hatte ich mich in Kopenhagen mit einem Freund verabredet, der schon seit einigen Tagen dort war. Er wohnte bei einer Familie, mit der wir den Tivoli besuchten am Abend. Ich erinnere mich auch noch, dass Line Renaud, eine noch heute bekannte französische Schauspielerin und Chansonnette, dort sang. Am Tag danach war ich mit dem Freund zum Frühstück verabredet in meinem Hotel, und wer nicht kam, war er. Ich wartete und wartete, setzte mich mit seinen „Schlafeltern" in Verbindung, dort war er auch nicht, und so suchten wir gemeinsam drei Tage lang in Kopenhagen einen Menschen, der einfach verschwunden war. Das ist schon ein komisches Gefühl, in einer unbekannten Stadt jemanden zu suchen. Wo soll man hingehen? Wo soll man ihn aufspüren? Wo war ich nicht überall, von Nyhavn, dem Vergnügungsviertel, bis zum Schloss Rosenborg. Wo sucht man einen Menschen, der verschwunden ist? Eigentlich kann nur ein Wunder helfen. Aber so habe ich die Stadt kennengelernt, ich habe sie mir erwandert. Irgendwann gaben wir die Suche auf, informierten die Polizei und dann: ein Wunder! Ich bin noch einmal durch Gegenden gegangen, die ich heute nicht mehr finden würde, irgendwo in Kopenhagen, da kam er plötzlich aus einem Haus heraus, guckte mich an und schwieg auf all meine Fragen. Es blieb mir nichts anderes übrig, als ihn noch zu bitten, rufe unbedingt deine Schlafeltern an, die fühlen sich für dich verantwortlich und machen sich Sorgen. Ich weiß bis heute nicht, was geschehen ist. Ich sagte ihm noch: Morgen früh fahre ich nach Schweden, wenn du mit willst, komm bei mir im Hotel vorbei. Natürlich ist er nicht gekommen und ich bin erleichtert weiter gen Schweden gefahren.

Auf dem Rückweg von Schweden habe ich wieder in Kopenhagen Station gemacht. Ich habe mir ein Zimmer bei der Zimmervermittlung im Hauptbahnhof besorgt, bekam auch eine Adresse, fuhr mit meinem VW dort hin und klingelte. Es

öffnete jemand die Tür, gleichzeitig schoss ein spitzähnliches Wesen die Treppe herunter, sah mich, stutzte und biss mir ins Bein durch meine Jeans und wie der Blitz verschwand es wieder. Ich war verblüfft, wie tief ein Spitz durch eine Jeans beißen kann.
Jetzt stand ich blutend da vor der Tür, und die Bewohner hatten gar kein Zimmer zu vermieten. Aber sie fuhren mich ins Krankenhaus, ich wurde verarztet, und dort stellte sich heraus, dass man bei der Zimmervermittlung eine falsche Hausnummer aufgeschrieben hatte. Ein Haus gegenüber der Hundeattacke war das richtige. Dort bin ich dann wohlverbunden spät in der Nacht zu meinem Nachtlager gekommen.

Die Vermieterin, eine ältere Dame, sprach kein Englisch, kein Deutsch. Wir frühstückten zusammen, und jeder versuchte, in seiner Sprache etwas zu erzählen. Wir haben uns großartig unterhalten. Sie erzählte von ihrem kürzlich ver-

mit Helmut Markwort in Kopenhagen

storbenen Mann, der lange auf See war. Man versteht sehr viel, auch wenn man nichts versteht. Die Dänen können fast alle Deutsch, sprechen es aber nicht so gern. Man fragt auf Deutsch und bekommt fast immer eine englische Antwort. Sie sind freundlich, man spürt auch keine Ressentiments. Aber eine gewisse Distanz, ist immer noch vorhanden.

Da fragt man sich natürlich: Was haben die Deutschen den Dänen im zweiten Weltkrieg angetan? Leider haben wir darüber in der Schule nie was erfahren. Da muss man dann zuhause aufarbeiten, was geschehen ist, um die distanzierte Haltung der Dänen zu verstehen. Trotzdem ist Kopenhagen ein „Wonderful Copenhagen", wie der bekannte Song uns erzählt. Und ich habe viele bleibende Eindrücke von dieser Stadt, die ich mir jetzt bei unserem Kurzaufenthalt wieder ins Bewusstsein holte.

OSLO

Nach Kopenhagen war die erste Station Oslo. Oslo bei Regen. Das Schiff legte in unmittelbarer Nähe einer Festung an, in der die Deutschen während des Krieges residiert haben. Dort wurden unter der deutschen Besatzung viele Todesurteile verhängt und auch vollzogen. Die Geschichte holt uns auf dieser Reise immer wieder ein.

Wir unternahmen eine Stadttour mit einer freundlichen Dame, die uns auf Deutsch ihre Stadt zeigte. Der Holmenkollen, das Skisprungareal, ist beeindruckend. Ich habe noch nie an der oberen Kante einer Sprungschanze gestanden und hinunter geguckt, wie die Skiflieger es tun. Ich bin nicht schwindelfrei, da gibt's schon ein mulmiges Gefühl in der Magengegend. Ich möchte mit all diesen Kurzberichten keinen Reiseführer ersetzen, sondern meine ganz persönlichen Eindrücke in Kurzform mitteilen. Immer im Bewusstsein, dass man vor vielen Jahren, gemeint hat „Es lohnt sich nicht

Stele im Vingardpark in Oslo

mehr". Und es hat sich wiederum gelohnt. Dafür bin ich immer wieder dankbar.

Nach dem Holmenkollen besuchten wir eine Gartenanlage, in der der norwegische Bildhauer Gustav Vigeland seine

Phantasien hat austoben können. Man bestaunt die Vielzahl der Skulpturen, alle Lebensbereiche vom Kind bis zum Alter finden sich da, Menschenknäuel zusammen und alleine, eine Stele, die aus Menschenleibern besteht, 121 sind in sich verschlungen. Ich weiß nicht, wer die mal gezählt hat.

Schwester Beate streichelt das glücksbringende Baby

Viele Körper, die die Welt und ihre Last tragen. Da fragt man sich: Was hat dieser Mensch außer Menschenkörpern im Hirn gehabt? Es sind so unheimlich viele, und selbst wenn er eine Menge Helfer hatte, musste er doch denken, planen, umsetzen. Man fragt sich: Hat Vigeland eine Familie gehabt, hat er überhaupt an etwas anderes denken können als an diese Unmenge von Skulpturen, die jetzt in einem Riesenpark aufgestellt sind. Die Eröffnung hat er nicht mehr erlebt, er ist kurz davor gestorben. Der Park zeugt von einer ungemein schöpferischen Kraft.

Eine kleine Bronzefigur steht auf einer Brücke, und ihre linke Hand und ihr kleines Stummelchen erscheinen ganz golden, die alte Bronzierung wurde durch das viele Betasten zu Gold. Wenn man die Statue an den genannten Stellen berührt, soll es Glück bringen. Na ja, wer macht das nicht, und wer will nicht ein kleines Stück vom großen Glück mit nach Hause nehmen?

Beim Besuch kam unerwartet ein Regenguss, und ich sehe heute noch die Reiseleiterin mit Schirm und Cape. Sie jagte uns bei Regen durch den Park. Aufwärmen und Trocknen konnten wir uns dann im nahegelegenen Vingardmuseum, wo es alte Wikingerboote zu bestaunen gab. Eine Figur blieb mir in Erinnerung, die mich an den Alien ET erinnerte, der immer nach Hause telefonieren wollte. Vielleicht haben die uns ja schon vor vielen, vielen Jahren besucht.

Man lernt bei diesen Ausflügen keine Einheimischen kennen. Viele Inseln umgeben die Stadt, und wenn man sich vorstellt, dass vor einigen Jahren ein „Verrückter“ über 70 überwiegend junge Menschen auf einer kleinen Insel umgebracht hat und in der Stadt Verwüstungen angerichtet hat, war man froh zu hören, dass er den „Verrücktenbonus“ nicht für sich in Anspruch nehmen konnte.

Er ist wie ein normaler Mensch verurteilt worden, um dann in einer geschlossenen Anstalt den Rest seines Lebens zu ver-

Alien aus der Wikingerzeit

bringen. Die Norweger haben nach diesem Ereignis sowieso sehr zurückhaltend reagiert. Man sprach nicht von Gesetze Verschärfen, die bösen Anderen, alles lief sehr ruhig ab. Man trauerte mit Würde. Bei uns geht immer gleich das Parteiengezänke los, und an die Hinterbliebenen denkt man nicht.

Es bleibt ein guter Eindruck. Durch die Ölvorkommen geht es hier wirtschaftlich gut, aber wie man sieht, ist man vor Verbrechern und Idioten nirgends sicher. Die Norweger, ein sehr liberales Volk, werden von einem Norweger so gedemütigt. Es war kein Moslem. Verrückte gibt es überall.

WARNEMÜNDE/ROSTOCK

Kurz nach der Wende 1989 war ich bereits schon einmal in Rostock, um zu sehen, wo und wie unsere neuen Mitbürger leben und wohnen. Ich war damals nicht nur in Rostock und Warnemünde, ich war auch in Dresden, in Weimar bei Goethes, auf Schloss Königstein, im Elbsandsteingebirge, auf Rügen und Hiddensee, auf Usedom und in Potsdam, wo ich den besten „Frankfurter Kranz" meines Lebens gegessen habe, Schloss Sanssouci und Schwerin, und im Güstrower Dom habe ich den „schwebenden Engel" von Ernst Barlach im Dom besucht.

Rostock heute ist nicht mehr wiederzuerkennen. Es hat sich viel getan seit der Wende. In der Marienkirche fand gerade ein Gottesdienst statt anlässlich des 20. Jahrestages, an dem in Rostock Asylantenheime brannten. Man weiß ja, dass die Ostdeutschen nicht immer besonders freundlich sind zu den Emigranten. Wir in Frankfurt haben durch unsere liberale Stadtpolitik doch relativ wenige Probleme mit den vielen Ausländern aus über 170 Ländern. Da kommt der Geist der alten Reichsstadt durch: „Mir lasse die annern lebe, wenn se sich e bissje anpasse."

Ich stelle immer wieder dankbar fest, dass ich meinem Körper eine ganze Menge zumute, und wenn ich es nicht übertreibe, schaffe ich es schon. Jeden Tag eine andere Stadt. Ein Seetag wäre schön. Wir hatten mit dem Wetter, außer in Oslo, bisher viel Glück auf dieser Reise.

TALLINN

Heute, am Freitag, dem 24. August 2012, ankerten wir früh in Tallinn, ehemals Reval, die Hauptstadt von Estland mit ihren 1,3 Millionen Einwohnern. Es ist ein freiheitsliebendes Land, das jahrhundertelang unter fremder Herrschaft gelitten hat. Mal war es dänisch, mal deutsch, dann russisch. Die Esten fühlen sich den Finnen zugehörig, die Sprache beider Völker hat auch einen gemeinsamen Ursprung. Jeder Este versteht finnisch, nicht jeder Finne aber estnisch. Nach der Befreiung von den Russen und seit der Einführung des Euro hat sich vieles geändert, es wurde alles teurer, und doch gehören die Esten zu den Musterknaben der Eurozone, die ihre Hausaufgaben, auch manchmal widerstrebend, gemacht haben. Die Esten sind ein sangesfreudiges Volk, sie singen gern in Chören und alle paar Jahre findet eine großes Sängerfest mit unzählbar vielen Esten auf einem riesigen Freigelände in Tallinn statt.

Was sieht man an den Straßenpfosten? Ein Plakat, Lady Gaga gibt morgen ein Konzert. Na ja, wenn's sein muss.

Dann gibt es viele Festungsbauten, mit dem langen Hermann und der dicken Margarete, alte Wehrtürme, es gibt die Oberstadt mit der Domkirche, die das Land regiert, und die Unterstadt, die ein altes Lübecker Recht lebt.

Die meisten Esten sind ohne Religion, ein Teil lutherisch protestantisch, und der Rest… na so. Aber die Russen haben, um die Esten zu ärgern, auf einem Platz, an dem Martin Luther verehrt wurde, eine Kathedrale gebaut, die Newsky Kathedrale, ein tolles, pittoreskes Bauwerk, mit vielen Türmen und Kuppeln, das einer russisch-orthodoxen Kirchen in Moskau ähnelt.

Wenn man von See auf Tallinn zufährt, erscheint die Stadt als Silhouette, so wie man es von alten Merianstichen kennt. Die vielen Kirchtürme fügen sich harmonisch in ein Gesamtbild ein. Man meint, in eine mittelalterliche Stadt zu kommen, das Kopfsteinpflaster könnte aus dieser Zeit stammen.

ST. PETERSBURG

St. Petersburg – 25. und 26. August 2012, ich war enttäuscht. Jeder schwärmt von dieser Stadt, aber sie ist nur vordergründig restauriert. An den Repräsentationsbauten fallen einem die alte Pracht und die Vergänglichkeit auf. Überall Touristen, Menschenschlangen. Um in die Eremitage zu kommen, muss man ewig warten, und dann schieben sich die Massen durch die ehemals prächtigen Gebäude mit ihren einmaligen Gemälden. Man kann es ja verstehen: wenn fünf oder sieben Kreuzfahrtschiffe da sind, mit Tausenden von Menschen, die in Bussen angekarrt werden, muss es natürlich zu Stauungen kommen.

Man spürt noch den Reichtum dieser Stadt, den Winterpalast der Kaiserin Katharina, den Petershof außerhalb, aber überall nur Gedränge. Dann kommt man wieder in einen traumhaft schönen Saal, großzügige Parkanlagen. Man fragt sich, wieso war es den Zaren so wichtig, solche Paläste zu bauen, mit Hunderten von Zimmern? Für wen? Wie viele Menschen sind für wenige gestorben bei der Erstellung? Am eindrucksvollsten war die Basilika, in der Zar Alexander II 1881 mit seiner Familie ermordet wurde. Die Wucht und die Pracht, vielleicht nur noch mit Rom zu vergleichen.

Alles ist sehr weitläufig und anstrengend zu erobern. Man braucht, um die Stadt wirklich zu erkunden, viele, viele Tage, um einigermaßen einen Überblick bekommen. Es ist ja immer noch ein sozialistisches Land, das sich schwer tut, den westlichen Standard zu erreichen.

In der Hauptgeschäftsstraße findet man alle europäischen Modenamen, nicht nur in Kyrillisch, manchmal auch schon in Arabisch. Beeindruckend ist eine sechsspurige Autobahn,

Erlöserkirche in St. Petersburg

die unter dem Finnischen Meerbusen zur anderen Seite von St. Petersburg führt. Das haben die Petersburger dem hier geborenen Putin zu verdanken.

Man kann angesichts der Prachtbauten verstehen, dass das gemeine Volk irgendwann von dem Protz und der Macht der Zaren genug hatte und sich in die Revolution rettete. Die Zaren und deren Familien hatten sich oft gegenseitig aus Machtgründen umgebracht. Es wurde so viel gemordet, und wer musste letztlich dafür bezahlen? Die kleinen Leute, die nichts hatten. Und als dann Trotzki und Lenin aus den Gefängnissen anlässlich einer Amnestie entlassen wurden, haben sie den Unmut der Massen kanalisiert und die große Revolution durchgeführt mit dem Ergebnis, dass dann nicht mehr die Zarenfamilie das Sagen hatte, sondern die Partei und deren Organisationen, und so mussten wiederum Hundertausende für die neue Macht ihr Leben lassen.

Ein Höhepunkt unseres Besuchs sollte eine Ballettaufführung von „Schwanensee“ sein. Natürlich ein wunderbares Programm für Touristen. Ich hatte gehofft, wir gingen in das berühmte Mariinski-Theater mit seinem großen russischen Ballett. Pustekuchen, man verfrachtete uns in ein altes Theater, wo man die vergangene Pracht noch ahnen konnte, sonst war es so wie bei uns in den Fünfzigern. Und was wurde vorgeführt? Ja „Schwanensee“, auch die Musik war von Tschaikowsky, aber jedes Stadttheater bei uns hat eine bessere Ballettgruppe. Es war eine Zumutung, dies als russisches Kulturgut anzubieten. Die meisten Besucher waren Amerikaner, die ja höflich und freundlich sind, und dann applaudiert haben, dass man hätte glauben können, Nurejew hätte getanzt.

Leider weiß man viel zu wenig über die Geschichte der Stadt und des Landes. Was hinter dem Eisernen Vorhang alles passierte, wurde uns nie richtig erklärt. Wer wann wo regiert hat. Wir wussten nur, dass es immer nur um die Vorherrschaft der Macht ging, der Macht eines großen Reiches, ob bei Stalin, bei Chruschtschow, Breschnew oder wem auch immer. Erst Gorbatschow hat es verstanden, die Strukturen etwas zu ändern, mit dem Ergebnis, dass das Land, zumindest an den

Randgebieten, für die damalige UdSSR verloren ging. Was man bis heute noch nicht überwunden hat.

Es wird lange dauern, bis das russische Volk, das letztlich auch nur ein wenig Freiheit haben will, die Freiheit des Redens und des Denkens leben kann, was man immer wieder mit Gewalt verhindert.

Helsinki ist nicht weit weg, und mir kommt heute der Gedanke, dass das, was Putin will, immer noch nicht ganz klar ist. Er spricht oft von einem sogenannten „Neurussland“. Er will das Russland in der alten Größe wiederhaben. Dieser sechsspurigeTunnel, den Putin so großmütig bauen ließ, ist Teil eines weitgefächerten Plans. Er würde den Weg zu den baltischen Staaten erheblich erleichtern. Nach Lettland, Estland und Finnland ist es sehr nah. Heute hat man noch ein freundschaftliches Verhältnis zueinander. Aber wie lange noch? Die Krim und die Ostukraine lassen grüßen.

HELSINKI

Endlich in Helsinki – in einer sympathischen Stadt mit freundlichen Menschen. Im Winter sehr kalt, zur Zeit angenehme Temperaturen, nicht immer sonnig, aber warm. Es regnet auch viel. Und doch strahlt die Stadt eine ganz eigene Zufriedenheit aus. Das vermittelt u. a. die Kathedrale inmitten der Stadt auf dem großen Platz, die bei den Neujahrsfeiern rund um die Welt alljährlich gezeigt wird. Beeindruckend ist die Felsenkirche. Wo sonst auf der ganzen Welt in die Höhe gebaut wird, haben die Finnen in einen Granitfelsen eine Riesenkirche gebaut, mit Licht, das von oben kommt. Wenn man den Raum betritt, hört man Orgelklänge, und man meint, in einer anderen Welt zu sein.

Überwiegend lutherisch sind die Finnen, aber in der Kirche werden auch Rosenkränze und Marienbilder verkauft.

Das nennt man Ökumene, im Geschäft sind wir alle vereint. Na und – schadet es jemand?

Es gibt zahlreiche weltberühmte finnische Architekten, wie z. B. Alvar Aalto, und Komponisten und Dirigenten, wie Jean Sibelius und Esa-Pekka Salonen. Man glaubt hier überall Jean Sibelius' Symphonien zu hören und „Finlandia", das Schicksalslied der Finnen. Schwermütig, schicksalserduldend. Es gibt ein Sibeliusdenkmal in einem Park. Es ist eine Art Orgel aus Plastik. Wie eine Baumorgel, an der die Äste runter hängen, und wenn man sich darin bewegt, hört man die Stimmen und die Musik des Landes.

In den nordischen Ländern, wie Norwegen, Dänemark und Estland, spürt man den Einfluss des Protestantischen sehr stark. Alles ist weniger pompös gebaut als z. B. die russisch-orthodoxen Kirchen oder auch die der Katholiken mit ihren Prachtbauten, immer musste man zeigen, wie machtvoll man ist. Hier ist von allem ein bisschen weniger. Etwas gediegener scheint nicht zu schaden.

STOCKHOLM

Morgen geht's nach Stockholm, der letzten Stadt der Reise. Ich war vor genau 50 Jahren schon dort, von Celle aus, wo ich drei Jahre am Schlosstheater engagiert war. Am Vännernsee nahm ich einen Anhalter mit. Wir versuchten uns über eine lange Zeitstrecke radebrechend zu unterhalten, bis wir auf einmal feststellten, dass wir beide aus Deutschland waren und wir es uns hätten leichter machen können. Aber auch das hatte seinen Reiz.

Damals hatte man gerade im Hafen von Stockholm das Wrack eines alten Wikingerschiffs entdeckt, das bei seiner Jungfernfahrt 1628 bereits nach weniger als einem Kilometer untergegangen war. Jetzt lag es in majestätischer Größe

Kogge in Stockholm

ungemein beeindruckend da im Hafen. Ein eigenes Museum wurde um das restaurierte Schiff gebaut, das Vasa Museum.

Was mich sehr faszinierte. Viele Kilometer vor der Stadt müssen heute alle Schiffe, selbst die größten Pötte, im Schritttempo fahren, um zu vermeiden, dass die am Wasser liegenden Schäreninseln durch einen zu starken Wellengang überflutet werden.

So fährt man also im Schritttempo, wie von Geisterhand gezogen, ein Schiff nach dem anderen, wie an einer Perlenschnur aufgereiht, nicht nur langsam, sondern fast unbeweglich zum Anlegeplatz im Hafen.

Und wieder erinnere mich an damals. Als ich das erste Mal dort war, in den 60er Jahren, habe ich bei Freunden gewohnt, die Reisemittel waren beschränkt. Damals ging ich mit den Freunden über einen Markt, wo so etwas wie ein Stadtteilfest mit Buden und kleinen Karussells stattfand. An einer Losbude zog ich ein Los und gewann einen Fresskorb mit allem, was ich in den nächsten Tagen vertilgen konnte, und es machte mir eine große Freude, ein Gastgeschenk mitbringen zu können.

Damals habe ich im Schloss Drottningholm eine Aufführung der „Entführung aus dem Serail“ von Mozart unter Leitung von Hans Schmidt-Isserstedt gesehen. Ich war sehr beeindruckt, dass die Musiker in historischen Kostümen und mit Allongeperücken spielten. Käbi Laretei, die erste Frau von Ingmar Bergman, gab ein hinreißendes Konzert. In Solna bei Stockholm war ich bei den Dreharbeiten zu einem Film, „Ach diese Frauen“ den Ingmar Bergman ausschließlich mit Frauen inszenierte, mit Eva Dahlberg, Harriett Andersson u.a., die alle später Weltkarriere machten. All das kam mir jetzt bei dem Kurzbesuch wieder ins Gedächtnis.

Die Fahrt von Kopenhagen bis Stockholm, alles hatte nur 12 Tage gedauert. Die Wucht der Geschichte, die diese be-

auf der Rückfahrt mit der Fähre nach Deutschland

mit Hilmar Hoffmann auf der Buchmesse

suchten Städte ausstrahlten, war fast zu viel für mich. Man konnte nur Blitzlichter, Momentaufnahmen, Bilder aufnehmen, um diese dann – mit entsprechender Muße – zuhause aufzuarbeiten. Da spürte man doch die große europäische Kulturlandschaft, die man nicht so einfach konsumieren kann.

Voll mit Eindrücken war man fast dankbar, wieder von Kopenhagen den Heimweg anzutreten, und freute sich auf ein paar Stunden im Zug und auch auf der Fähre, auf der man nur den Wind spüren wollte und sonst nichts mehr.

Und doch würde ich diese Reise nicht missen wollen. Mir war immer wieder bewusst, dass es nicht selbstverständlich war, all das nach den Prognosen zu meiner Gesundheit zu erleben. Kurz nach meiner Bypassoperation habe ich die Frankfurter Schriftstellerin Eva Demski, getroffen, und sie sagte mir: „Wolfgang, denk immer daran, e geklebt Dibb-

mit Eva Demski

che hält am längsten", und so ist es ja auch. Wenn man einen irdenen Topf oder Krug auf den Boden fallen lässt, gibt es meistens viele Scherben. Wenn man aber einen aus vielen Teilen zusammengesetzten Gegenstand fallen lässt, geht der nur schwer zu Bruch. Ich bin dankbar, dass das „geklebte Dibbsche" immer noch hält.

ISLAND – EIN BESUCH IN REYKJAVIK

Im Mai 2011 hatte ich die Gelegenheit, an den Einweihungsfeierlichkeiten des neuen Konzerthauses „Harpa“ in Reykjavik in Island teilzunehmen. Das Land hat nur 360 000 Einwohner, die Hauptstadt Reykjavik 160 000. Jetzt fragt man sich schon, was braucht eine Stadt wie Reykjavik ein Konzerthaus mit über 1 800 Plätzen? Soviel Kunstinteressierte kann es gar nicht geben, obwohl Island ja bekannt ist für exzellente Schriftsteller. Man sagt, von den 160 000 Einwohnern seien 20 000 Schriftsteller. Na ja, was soll man auch, wenn die dunklen Nächte beginnen, machen, außer in der Phantasie leben mit Trollen und Geistern. Vor einigen Jahren war übrigens Island das Thema auf der Frankfurter Buchmesse.

Jonas Kaufmann sang, und die isländischen Symphoniker spielten in dem neuen großen Haus mit seiner tollen Akustik. Das Haus wurde vor der Finanzkrise, die Island ja besonders hart traf, geplant und angefangen. Dann wollte man nicht weiterbauen, da kein Geld mehr da war. Um keine Bauruine stehen zu lassen, haben sich der Staat Island und die Stadt Reykjavik zusammengetan und das inzwischen über 200 Millionen kostende Haus gebaut, das heute ein Stolz der Isländer ist. Vorher waren sie dagegen. Immerhin ist es fertig geworden. Was man von unseren Großprojekten nicht unbedingt sagen kann.

Das Haus hat eine über 30 m hohe Glaswand, in der sich die jeweiligen Lichtstimmungen wiederfinden. Alles, was Rang und Namen in Island hat, war natürlich bei der Eröffnung, auch der gerade neu gewählte Bürgermeister, Jón Gnarr, den ich auch kennenlernte. Der Bürgermeister war vor seiner Amtszeit ein bekannter isländischer Comedian, und jedermann wunderte sich, dass er zum Bürgermeister gewählt wurde. Nachdem die Bankenkrise Island besonders stark getroffen hat, meinte man wohl, jetzt nehmen wir einen, der überhaupt keine Ahnung hat. Die Experten haben es ja vorher immer anders gewusst. Im Wahlkampf hat Jón Gnarr den Wählern versprochen, dass in allen Schwimmbädern die Handtücher kostenlos zu haben sind. Dann wollte er einen Eisbären für den Reykjaviker Zoo, und er trat für eine offene, statt heimliche Korruption ein. Mit diesen Themen gewann er. Er war sehr amüsant mit seinen roten Haaren. Inzwischen hat er sein Amt wieder aufgegeben ohne größeres Chaos zu hinterlassen.

Ein Jahr zuvor war der Vulkan Eyjafjallajökull ausgebrochen und hat für Tage den europäischen Flugverkehr lahmgelegt. Ich kann wirklich den Namen, Eyjafjallajökull, ich habe ihn auswendig gelernt. Kurz vor der Abreise kündigte sich ein neuer Ausbruch eines Vulkans an, diesmal nicht der Eyjafjallajökull vom vorigen Jahr, auch der Hekla, der größte noch tätige Vulkan, hielt Ruhe, ein Vulkan namens Grimsvötn, in Sichtweite der Stadt, brach aus. Wir sahen von Ferne den Lavaausstoß. Wir haben dann das letzte Flugzeug, das vom Flughafen Keflavik startete, gerade noch erreicht, dann wurde der Flughafen geschlossen. Island, ein Land voller Naturschönheit, man spürt die Kraft der Natur, die kein Mensch letztlich beherrschen kann. Reykjavik ist eine junge Stadt, überall sind die Menschen draußen, sobald nur ein Sonnenstrahl zu sehen ist.

Am Eröffnungstag der „Harpa“ sah ich auf einmal eine Gruppe von Menschen, die mir irgendwie bekannt vorkamen, und da ich fast überall auf der Welt Frankfurter treffe, hab ich mir gesagt, die kennst du doch! Dann stellte sich heraus, es war eine Journalistengruppe aus Frankfurt, die auf Informationsreise für die Buchmesse in Island war und ebenfalls an der Eröffnung teilnahm. Claus-Jürgen Göpfert von der „Rundschau“, Hans Riebsamen von der FAZ, Dierk

Wolters von der FNP. Dazu Fotografen, die ich von Frankfurt her kannte.

Mit Jonas Kaufmann sind wir dann vor der erwähnten Schließung des Flughafens nach Frankfurt zurückgeflogen. Kurz war der Aufenthalt, zu kurz, Island ist zwar kein allzu großes Land, aber Natur pur zu erleben, das Land mit seinen Ponys, mit seinen Geysiren, seinen Trollen und Elfen, dazu muss man noch einmal kommen, um auch das warme Wasser der Geysire und die Vulkane und Flüsse etwas intensiver zu erleben.

In der „Frankfurter Rundschau" stand:
Weltbürger Kaus
Eine unerwartete Begegnung auf Island.
Es ist ein schöner Abend. Draußen glitzert die Sonne auf dem windbewegten Wasser im Hafen von Reykjavik. Drinnen, im vor wenigen Tagen eröffneten glanzvollen Konzerthaus „Harpa", treffen sich alle, die in Islands Kultur und Politik Rang und Namen haben. Kultusministerin Katrin Jakobsdottir hält, hochschwanger, die Eröffnungsrede für das Reykjavik Arts Festival. Auch Jón Gnarr, der als Comedian zum Bürgermeister der Hauptstadt gewählt worden war, gibt sich die Ehre.

Da plötzlich: Die Mitglieder der kleinen Frankfurter Delegation, die Island als Ehrengast der Frankfurter Buchmesse 2011 besuchen, glauben an eine Erscheinung. Mitten im Getümmel kommt ein Mann in elegantem Schwarz mit ausgebreiteten Armen auf sie zu – und begrüßt sie im schönsten Hessisch.

Es ist Wolfgang Kaus, Weltbürger. Der langjährige künstlerische Leiter des Frankfurter Volkstheaters gehört zu den geladenen Gästen. Er tut sich gerne in fremden Kulturen um, wie er lachend bekennt. Und wendet sich wieder dem Bürgermeister zu.

vor der „Harpa" in Reykjavik – Eröffnungsfeierlichkeiten

In der Rubrik Frankfurt & Frankfurter der FAZ stand:

Weil die kulturellen Beziehungen zwischen der Rhein-Main-Region und Island derzeit an Intensität gewinnen, trifft man im hohen Norden schon einmal auf Frankfurter Urgestein: Wolfgang Kaus, viele Jahre lang künstlerischer Leiter des Volkstheaters, war zur Eröffnung der neuen Reykjaviker Konzerthalle „Harpa“ angereist. Er stand bei einem Empfang im Foyer, als sei's irgendwo in Frankfurt. Und parlierte munter mit dem Bürgermeister Jón Gnarr, der mit seiner Spaßpartei die Wahl 2010 gewonnen hatte.

DAS WAR'S BIS JETZT

Jetzt bin ich am Ende meines Berichtes, habe viele Ereignisse, die mir wichtig erschienen, wieder hervorgeholt. Und ich habe mir immer gesagt: „Es hat sich gelohnt!“ Unter diesem Motto stand das Buch. Zu sehen, zu erleben, was alles möglich war und ist, selbst nach schwierigen Zeiten. Viele Freunde und Weggefährten sind nicht mehr da. Sie waren fast alle jünger als ich.

Und mir bleibt, dankbar zu sein, dankbar dem Schöpfer, dankbar den Mitmenschen, ich weiß nicht, wem ich alles danken soll. Eigentlich jedem, der mir begegnet ist.

Und was will man mehr, die Frage stellt sich: Was soll noch kommen? Ich muss feststellen, so viel falsch gemacht habe ich nicht in meinem Leben. Ich habe meine Bedürfnisse den jeweiligen Möglichkeiten angepasst. Die Defizite dabei hat jeder selbst zu tragen.

Ich gehöre einer Generation an, die das große Glück hatte, 60 Jahre keinen Krieg zu erleben. Die sogenannten „weißen Jahrgänge“, wir konnten überall gut durchrutschen. Wir wurden für nichts zur Rechenschaft gezogen, wir mussten nicht zur Bundeswehr. Wir haben all die Vorteile der letzten Jahrzehnte genießen können, wir haben die 68er Revolution mit ihren Veränderungen erleben können. Es würde sich lohnen, einmal darüber nachzudenken, was die für viele so furchtbaren 68er angerichtet haben. Sie haben den Menschen jedenfalls viele Vorteile gebracht, ein Leben in Freiheit und Demokratie war vorher so nicht möglich gewesen.

Vorher hatte sich beispielsweise der Vermieter einer Wohnung noch der Kuppelei schuldig gemacht, wenn man jemanden mit aufs Zimmer nahm, egal was passierte. All diese Selbstverständlichkeiten, die wir heute genießen können, die Freiheit so zu leben, wie wir es wollen, das wurde erkämpft.

Ohne Druck verändert sich nichts. Nach außen hatten wir viel Ruhe, auch durch die Öffnung zu Frankreich, dem „Erzfeind". Das ist ja für mich die größte Errungenschaft, dass es gelungen ist, gemeinsam den europäischen Gedanken zu entwickeln und friedlich miteinander umzugehen. Heute kann man sich nicht mehr vorstellen, dass zwischen Frankreich und Deutschland ein Krieg entstehen könnte. Wir haben die gewaltlose Revolution des Ostens, die Wiedervereinigung, die von den Ostdeutschen ausging, das vergisst man manchmal. 60 Jahre kein Krieg, die heutigen Jungen wissen gar nicht, was das heißt. Meine Generation aber stand zwischen den Entwicklungen, wir haben das Alte noch erlebt und jetzt auch das Neue leben können. Heute ist unsere Generation letztlich außen vor. Jetzt sind die 40- bis 50-Jährigen dran.

Und wir sind eine Rentnergeneration, der es so gut geht wie nie. Das Leben unserer Eltern und Großeltern gar war ein schwierigeres Leben – ohne Jammern! Wir leben in einer Welt mit einem technischen und medizinischen Fortschritt wie nie zuvor. Wann ging es dem Mittelstand besser als heute? Früher gab es Reiche und Arme, dazwischen wenig. Das hat sich geändert. Selbst wenn wir die technischen Neuerungen nicht mehr so leicht beherrschen, sie bestimmen unser Leben, wir werden beispielsweise immer älter. Ich würde nicht mehr leben, wenn ich diese Entwicklungen nicht im eigenen Leben und am eigenen Leib hätte erfahren können.

NOCH EINE NACHLESE
Helene Fischer

Ich bin jetzt über 55 Jahren am Theater, habe viel Anerkennung erfahren, auch von der Presse, die mich immer wohlwollend begleitet hat.

Kürzlich, anlässlich des 30. Geburtstags der Sängerin Helene Fischer und einem Gastspiel in Frankfurter Festhalle, hat mich ein Reporter der FNP zu meinen ersten Eindrücken von der damals jungen Sängerin gefragt. Helene hat ja bei uns am Volkstheater angefangen, Sie spielte in „Anatevka“ eine der Töchter von Tevje, den Tony Marshall spielte. Ob man damals schon das große Talent erkannt hat, wurde ich also gefragt. Und ich sagte: „Sie fiel nicht besonders auf“. Das war kein wertendes Urteil, sie verhielt sich zurückhaltend und diszipliniert und hatte eine eigene Aura. Es ist sehr schwer, bei einer jungen Schauspielerin oder einem jungen Schauspieler zu erkennen, wie ihr oder sein Werdegang sein wird. Da gibt es so viele Unwägbarkeiten, die man nicht einplanen kann.

Aus meiner nicht negativen Aussage wurde jedenfalls auf einmal: „Der Regisseur packt aus“: „Sie war ein Mauerblümchen, eine graue Maus“. Ich habe zum ersten Mal erlebt, wie man Worte interpretieren kann, und „graue Maus“ und „Mauerblümchen“ ist immer, meinen die Journalisten, spektakulärer. Ich habe von allem erst erfahren, als mir Google Alert, ein digitaler Ausschnittdienst, die Meldungen zusandte.

Die erste kam von der Zeitschrift „Gala“. Daraufhin habe ich über Facebook geantwortet: „Ich freue mich, dass sie meiner Begegnung mit Helene Fischer so einen großen Raum einräumen. Ich habe nie gesagt, auch in der „Taunus Zeitung“ nicht, dass ich sie als „Mauerblümchen“ oder „graue Maus“

empfand. Sie fiel mir aber auf als ernsthafte, intensive junge Schauspielerin, die eine eigene Aura hatte. Sie spielte die bescheidene jüngste Tochter von „Tevje", und so verhielt sie sich auch. Sie drängte sich nie in den Vordergrund. Sie wollte lernen, das spürte man. Damals aber den großen „Star" zu erkennen, war nicht möglich.

Aber all die angedeuteten Eigenschaften haben ihr zu dem großen Erfolg verholfen. Darüber freue ich mich und wünsche ihr, dass es so weitergeht. Ich habe heute noch ein kleines „Dankeschön" von ihr, das mich immer an unsere Zeit erinnert.

Nach der Veröffentlichung über Facebook rief ein Redakteur der „Gala" an und wollte sich mit mir noch einmal unterhalten. Daraus entstand ein neuer, stimmiger Artikel:

„Helene Fischer war weder ein Mauerblümchen noch eine graue Maus", sagt ihr ehemaliger Regisseur Wolfgang Kaus, der im exklusiven Gespräch mit Gala.de außerdem Helenes Erfolgsgeheimnis enthüllt und einst sogar ein fast prophetisches Geschenk von dem heutigen Superstar bekam.

Kaum eine deutsche Sängerin hat in den vergangenen Jahren einen so kometenhaften Aufstieg hingelegt wie Helene Fischer. Ihren Hit „Atemlos" kennt mittlerweile jedes Kind. Doch 2005 war die frischgebackene Absolventin der Frankfurter „Stage & Musical School" noch gänzlich unbekannt. Eines ihrer ersten Engagements hatte die junge Helene am Frankfurter Volkstheater in dem Musical „Anatevka". Schlagerlegende Tony Marshall spielte die Hauptrolle des Milchmanns „Tevje", Helene Fischer eine seiner fünf Töchter.

Wolfgang Kaus, Regisseur, Autor und Schauspieler Wolfgang Kaus erinnert sich an Helene Fischer: „Sie fiel auf, war ernsthaft, diszipliniert, interessiert."
Wolfgang Kaus, der Regisseur der „Anatevka"-Aufführung, staunt über den Werdegang seines einstigen Schützlings.

„Anatevka" mit Helen Schilp, Christine Richter, Tony Marshall, Helene Fischer und Julia Schneider

„Ihre Karriere ist schon ein kleines Wunder", sagt Kaus im Gespräch mit Gala.de. An die junge Helene Fischer erinnert er sich noch sehr gut: „Sie hat sich nie in den Vordergrund gespielt." Vor allem die Wissbegierde der jungen Musicaldarstellerin hat Wolfgang Kaus beeindruckt: „Eine Geschichte werde ich nie vergessen. Während der Proben zu ‚Anatevka' blieb sie selbst bei Szenen im Saal, bei denen sie nicht dran war, und schaute mir zu. Die anderen Schauspieler gehen meist vor die Tür, wenn sie nicht proben müssen. Aber sie blieb und schaute mir zu, wie ich arbeite. Das hat mir viel Mut und Kraft gegeben." Tony Marshall 2005 als Milchmann „Tevje" in „Anatevka" umringt von seinen Töchtern – die zweite von rechts wird von der blutjungen Helene Fischer gespielt. Dass aus Helene Fischer einmal eine große Sängerin und Entertainerin werden würde, hätte man damals nicht voraussehen können, doch im Nachhinein bemerkt der Theatermann: „Sie war sehr fleißig und diszipliniert, setzte sich intensiv mit ihrer Rolle auseinander." Diese Intensität und Disziplin sind wahrscheinlich ihr Erfolgsgeheimnis."

Wie sehr sich die junge, auf Bildern von damals noch sichtlich pausbäckige Helene im Laufe der Jahre – zumindest äußerlich – verändert hat, bemerkte Wolfgang Kaus bei einem Wiedersehen: „Drei Jahre nach der 'Anatevka'-Aufführung habe ich sie wieder getroffen, da war sie schon ein Star. Auf der Bühne habe ich das Mädchen von damals nicht mehr wiedererkannt. Doch als ich mit ihrer Familie hinter der Bühne auf sie gewartet habe, kam sie auf mich zugelaufen, umarmte mich, und ich merkte, dass sie immer noch die gleiche geblieben ist. Die menschliche Seite hat sie sich bewahrt."

Diesen Teller mit einer Collage und einem Dankeswort schenkte Helene Fischer Wolfgang Kaus nach der Zusammenarbeit an „Anatevka":

Premierengeschenk von Helene Fischer

Nach der Zusammenarbeit an „Anatevka“ machte Helene Fischer ihrem Regisseur zum Dank ein Geschenk. Einen Teller, auf dem sie schrieb: „Lieber Wolfgang, vielen herzlichen Dank, dass Du mich so nett aufgenommen hast und mir die Chance gibst, das zu ermöglichen, was für meine Zukunft sehr wichtig ist. Mich erfüllt es voller Stolz und Freude, in einem Stück von Dir mitzuspielen! Danke. Helene“. Es scheint, dass die junge Darstellerin ihre Chance für die Zukunft wirklich genutzt hat. Das lässt die Sätze von heute aus betrachtet fast prophetisch erscheinen. Dazu machte sie eine Collage aus Kopeken und kyrillischen Zeichen – von denen Wolfgang Kaus zu gerne wüsste, was sie bedeuten. „Ich habe mich über dieses persönliche Geschenk sehr gefreut", so Kaus zu Gala.de. Die Zuneigung, die Helene Fischer ihm damals entgegengebracht habe, empfindet er heute noch für sie. „Ich freue mich riesig über ihren Erfolg, hinter dem auch ganz viel harte Arbeit steckt.“

Trotz dieses Artikels ist in der ganzen Republik, einschließlich Österreichs, die erste Meldung unter dem Titel „Ehemaliger Regisseur packt aus“ gedruckt worden. Was mich daran störte war, dass man dem ganzen einen negativen Touch gab, den ich nie so ausgedrückt habe. Da steht man erst einmal etwas hilflos da, überlegt, was man machen soll. Soll man es richtigstellen?

Das erste Mal in meinem langen Theaterleben geriet ich in die Mühlen der „Yellow Press“, und ich merkte auf einmal, wie man Texte interpretieren kann. In der FNP war dies ganz klar zu erkennen, dass es liebenswert war, und dann dreht man es einfach um und verändert den Sinn des Wortes. Das ist mir bis heute selten oder nie passiert. Aber irgendwann erwischt es einen. Noch heute erscheint diese erste Meldung in vielen Berichten über Helene Fischer. Das ausführliche Interview mit der „Gala“ kann man nur in der Homepage der „Gala“ lesen.

Also sitze ich wieder vor den schon erwähnten weißen Blättern, die sich gefüllt haben, und denke darüber nach, was sich in den vergangenen Jahren alles ereignet hat.

Was ist Glück?
Glück ist, noch zu leben
Glück ist, noch arbeiten zu können
Glück ist, noch seine Gedanken formulieren zu können
Glück ist, mit dem Älterwerden gut umgehen zu können
Glück ist, friedlich sein zu können
Glück ist, sich seine Freunde erhalten zu können
Glück ist, noch sein Leben beschreiben zu können
Glück ist, noch atmen zu können
Glück ist, sich mit seinen Krankheiten sich anfreunden zu können
Glück ist, sich selbst noch die Schnürsenkel binden zu können

Ein großes Dankeschön an alle, die mir im Leben begegnet sind, die da waren, wenn man sie gebraucht hat.
Danke!!

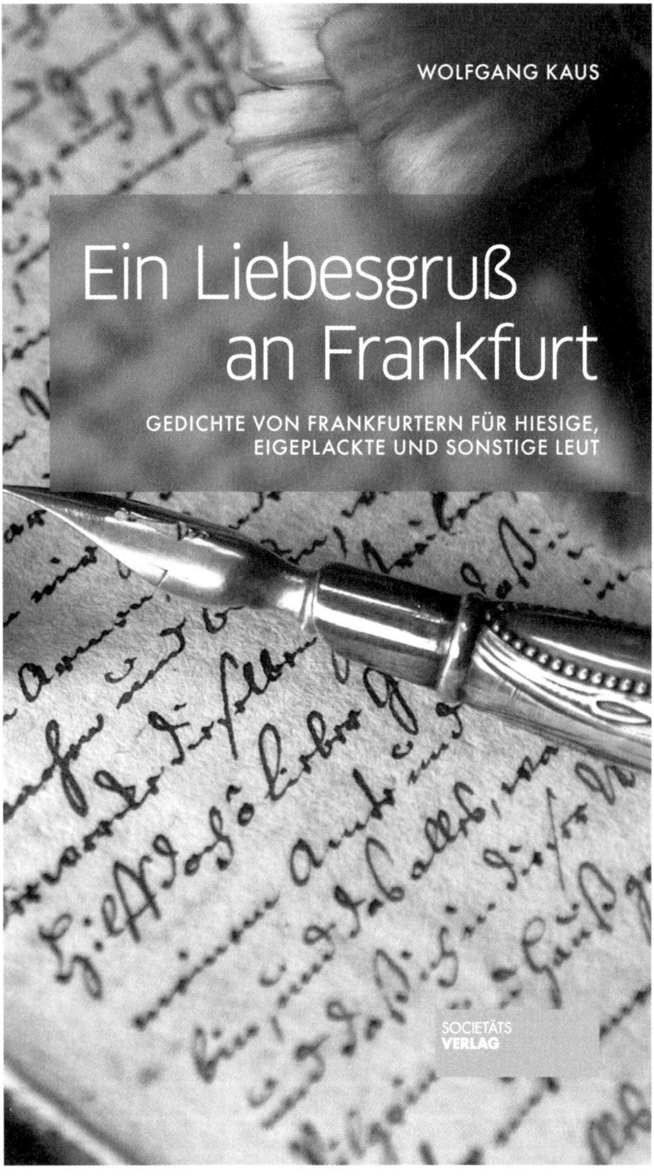

Buchtitel „Ein Liebesgruß an Frankfurt"

NACHWORT
Ein Liebesgruß an Frankfurt

Wenn man von Wiesbaden die A66 nach Frankfurt fährt, dann fällt einem zur Linken der Fernsehturm auf, und vor einem liegt rechts die ganze Skyline mit den Hochhäusern, die mich immer wieder neu begeistert, und eine der schönsten Blicke auf Frankfurt ist von der Ignatz-Bubis-Brücke aus, der früheren Obermainbrücke, zu haben. Von dort aus sieht man eine Welt, die im Abendschein glitzert, leuchtet und fasziniert. Die Hochhäuser erscheinen gar nicht so kalt und unmenschlich, wie sie sein können. Die Leute kommen nicht so gerne nach Frankfurt, gehen aber meistens schwer weg. Man lernt die Stadt im Laufe seines Hierseins immer mehr lieben und schätzen.

Von der Einwohnerzahl ist Frankfurt eher eine kleine Großstadt. Mit Mühe überschreiten wir gerade die 700 000-Grenze. Und doch ist Frankfurt eine Weltstadt. Ich habe die schönsten Skylines der Welt gesehen: New York ist beeindruckend, Sydney mit seiner Harbourbrücke und dem Opernhaus traumhaft, Vancouver begeistert, Torontos Skyline erinnert ein wenig an die Unsrige. Aber es geht nichts über die Harmonie, die von den „Türmen des Geldes“ in Frankfurt ausgeht. Es ist für mich die schönste Skyline der Welt.

Wenn man durch die Straßen geht, im Frühling, im Sommer, an hellen Tagen des Jahres und die Lebendigkeit der Stadt erlebt mit den Straßencafés. Wenn das Wetter nicht so gut ist, gibt es Decken und Wärmestrahler, was man sich vor Jahren nicht hätte vorstellen können. Frankfurt hat dann etwas Italienisches. Die Wochenmärkte in Bockenheim, in Bornheim, auf der Schillerstraße, auf der Konstablerwache, im Kaisersack, das tägliche Treiben in der Kleinmarkthalle – überall lebt es und es ist bunt und atmet.

Es gibt Traumplätze in der Stadt, der Platz an der „Alten Oper“, die „Fressgass“, der „Römerberg“, der Anlagenring mit der Liesel-Christ-Anlage, die Eschenheimer Anlage, die Wallanlagen, die Friedberger Anlage, die Obermainanlage. Frankfurt ist überhaupt eine Stadt mit viel Grün. Der Palmengarten mit dem Botanischen Garten, der Zoo mit seiner Ausdehnung in den Osten der Stadt, der Günthersburgpark im Nordend, der Grüneburgpark im Westend, der Holzhausenpark, der vor allem für die Kinder zum Spielen da ist, der Ostpark.

Der Flughafen ist so nah wie fast nirgendwo in einer Stadt. Sicher gibt es auch Störelemente, die das Wohlbefinden der Anwohner reduzieren. Frankfurt ist heute in der globalen Welt so angebunden wie fast keine Stadt auf dieser Welt. Das hält auch den Großraum Rhein-Main zusammen. Es ist eine Region der kleinen Entfernungen.

Wir haben die Börse, die weltweiten Ruf hat, wobei man eigentlich verschweigen sollte, dass die Frankfurter Börse jetzt in Eschborn ist. Ein wahrer Frankfurter versteht das nicht.

Hier in der Stadt herrscht ein echter Bürgerstolz, alles ist hier etwas anders. Frankfurt hat nie einen Fürsten gehabt, war nie Untertan eines Potentaten, es war immer freie Reichstadt, zumindest bis 1866 – bis die Preußen kamen. Unser Dichterfürst Johann Wolfgang von Goethe, der im Großen Hirschgraben Nr. 19 geboren wurde, hatte ein Leben lang seine Schwierigkeiten mit der Stadt, aber wir haben ihn als Frankfurter nie losgelassen. Er ist der Sohn unserer Stadt, er guckt zwar auf dem Rossmarkt weg von seinem Geburtshaus hin nach Weimar. Und doch gehört er ein bisschen mehr uns als allen anderen.

Friedrich Stoltze sprach schon: Er gehört zwar dem ganzen deutschen Volk, aber hier hat seine Wiege gestanden, sei frohe Kinnerzeite, sei erste Jünglingsjahre hat er bei uns verbracht, hier hat er dem Gretgen zum ersten Mal „die Kur gemacht“.

Das wollen wir uns auch nicht nehmen lassen, dafür hat schon seine Mutter Frau Aja gesorgt, dass er der unserige bleibt. Aber wie es so ist: Der Prophet gilt am wenigstens in seiner Heimat. Im Großen Hirschgraben hat er den „Urfaust“ geschrieben. Ich habe es genossen, als ich am Volkstheater sechsmal den „Urfaust“ inszenierte, jeden Tag an dem Ort vorbeigehen zu können, an dem das Werk entstanden war. Das kann kein Regisseur dieser Welt. Zurück zur freien Reichsstadt: Friedrich Stoltze sprach vom „Ende der freien Reichstadt“, was den Bürgerstolz der Frankfurter sehr getroffen hat.

Hier war der Freiheit Zufluchtsort
Hier war der deutsche Mittelpunkt
for „alle Arte Hexemeister“,
hier war der Pulsschlag der Nation
des Herz, seit Anno achtunverzig.

Hier fand die misslungene Revolution 1848 statt, die doch so viel veränderte. Aber dann kamen 1866 die Preußen, und das war das Ende der deutschen Reichstadt. Stoltze sagt: „Drum fort demit! Kaputt – vergesse!“

Das ist nun fast eineinhalb Jahrhundert her, und trotzdem hat sich in dieser Stadt der liberale Geist der „freien Reichsstadt“ erhalten. Dies spürt man heute noch. Wir haben über 170 Nationalitäten in der Stadt, und die Probleme sind doch sehr gering. Das ist der Geist der Frankfurter: „Wenn mer se schon habbe, na ja, dann wolle mer auch unsern Friede mit ihne.“

Die Frankfurter sind nicht immer eine als besonders freundlich einzustufende Gattung Mensch. Ich sage immer, „mir habbe Chame“, also Charme ohne „r“, „mer merkts net so schnell“, und doch sind wir herzlich. Vor allem: Wir lassen leben. Hier kann jeder fast alles machen, was er will, wenn er die Allgemeinheit nicht stört. Wir ertragen viel: leben und leben lassen ist die Devise.

Wir haben auch keine Schickeria wie in München oder Düsseldorf. Hier kann fast jeder mit jedem. Hier kann man mit Annemarie Steigenberger, Hilmar Hoffmann oder Fritz von Metzler genau so normal umgehen wie mit andern Menschen. Man akzeptiert sich gegenseitig, und wenn einem einer nicht gefällt, dann lässt man ihn eben laufen.

Wenn man sich das Museumsufer ansieht: Welche Stadt hat so eine Ansammlung von Museen auf einem begrenzten Raum, und das noch an einem Fluss, den wir nicht vergessen dürfen. Städte an Flüssen haben immer etwas Besonderes. Unser Main. Er teilt die Stadt in „hibb de Bach un dribb de Bach“. Manche, die auf der einen Seite wohnen, gehen nicht unbedingt wie selbstverständlich auf die andere Seite, und die andere Seite tut dies auch nicht. Adolf Stoltze sagte schon seinem Stück „Alt Frankfurt“:

„Jeder Sachsehäuser (Dribb de Bach) is en Frankfurter, aber net jeder Frankfurter en Sachsehäuser.“ Hier spricht der Stolz der Stadtteile. Und die Feste die Frankfurt das Jahr über feiert! Das „Sachsenhäuser Brunnenfest“, das „Schweizerstraßenfest“, das „Fest auf der Leipzigerstraße“ in Bockenheim, das „Bergerstraßenfest“, man kann sie gar nicht alle aufzählen. Das „Museumsuferfest“, das „Mainfest“, das „Weinfest“ auf der Fressgass, das „Opernplatzfest“ und der „Weihnachtsmarkt“ auf dem Römer. Die Veranstaltungen des „Großen Rats“ der Fassenacht und mit „Klaa Paris“ am Fastnachtsdienstag. Wenn man das so hört, meint man, in Frankfurt wird fast nur gefeiert.

Jeder Stadtteil hat sein eigenes Flair, seine eigenen Herausforderungen, und doch verbindet sich das eine mit dem anderen. Die Vielfalt der Stadt fasziniert immer wieder.

Zurück zum Museumsufer mit seiner Vielfalt, als da wären: Das Städel, das Liebighaus, das Museum Giersch, das Kommunikationsmuseum, das Filmmuseum, das Museum für angewandte Kunst, das Weltkulturenmuseum, auf der andern Mainseite das Jüdische Museum, das Ikonenmuseum, das Dialogmuseum, das Stoltzemuseum in der Töngesgasse und das Museum für Moderne Kunst. Welche Stadt hat so viel zu bieten, und das alles zu Fuß.

All dies haben wir einer Zeit zu verdanken, in der Hilmar Hoffmann, der ehemalige Kulturdezernent, dieses Vorhaben gemeinsam mit Oberbürgermeister Walter Wallmann anging, obwohl sie unterschiedlichen Parteien angehörten. Und so ist es auch heute noch über die Parteiengrenzen hinweg: Man denkt doch immer wieder an die Stadt, an die Bürger, egal welche Partei dominiert.

Die Banken sind dann das Gegenstück, die Welt des Geldes, wo man ein wenig vergessen hat, was die Urgründer der Banken: Rothschild, Bethmann, von Metzler vor einigen Jahrhunderten wollten.

Rothschild sagte einmal: „Wenn du nehmen willst, dann gib." Und so sind die vielen Stiftungen entstanden. Senckenberg, Holzhausen, der Zoo, die Universität. Frankfurt ist, glaube ich, heute noch die Stadt mit den meisten Stiftungen.

Keiner hat etwas dagegen, wenn einer sein gutes Geld oder seine Geschäfte machen will, er darf nur nicht vergessen, dass man auch geben muss. Und wenn das Geben der Allgemeinheit zum Nutzen ist, dann kann man auch Geschäfte machen mit anderen Dimensionen.

Es ist wichtig, nicht nur an sich selbst zu denken, sondern auch andere mitzunehmen. Und wenn dies wieder etwas mehr gelingen sollte, Gemeinnutz geht vor Eigennutz, dann gibt es auch keinen Unfrieden im Land. Dann können Krisen kommen, die man meistert.

Frankfurt hat auch die Fähigkeit zur permanenten Erneuerung. Die 68er Revolution hat hier – neben Berlin – ihren Ausgangspunkt gehabt, hier war die Frankfurter Schule, hier waren Wissenschaftler und Philosophen wie Schopenhauer, Börne, Adorno, Mitscherlich, Habermas zuhause.

Die Frankfurter Messe hat auch zum Weltruhm der Stadt beigetragen. Schon seit vielen Jahrhunderten ist Frankfurt Messestadt, ich nenne nur die Buchmesse und die IAA.

Dann darf man nicht vergessen, dass Frankfurt eine Pressevielfalt hat wie fast keine andere deutsche Stadt. Die FAZ ist eine der anerkanntesten deutschen Zeitungen, die Neue Presse mit ihren Stadtteilnachrichten, die Bildzeitung, die Rundschau. Wir können stolz sein, wie bunt unsere Presselandschaft ist.

Hier hat jede Couleur ihr Sprachrohr, und für den Erhalt dieser Vielfalt muss man immer wieder kämpfen. Keine Zeitung darf zumachen, kein Theater darf geschlossen werden. Die neuen Medien haben auch schon ihren Platz in dieser Stadt gefunden. Einer der wichtigsten Netzknotenpunkte weltweit ist hier in Frankfurt, das digitale Zeitalter hat mit großem Erfolg Einzug gehalten in dieser Stadt. Selbst Hollywoodfilme werden hier aufbereitet.

Frankfurt könnte eigentlich vor Stolz brillieren, aber das ist nicht Sache eines Frankfurters, der hängt alles ein wenig tiefer.

All dies kommt nicht aus dem Denken eines Lokalpatrioten. Das bin ich nicht, ich schätze die Weltoffenheit von Hamburg, die nicht fassbare Größe von Berlin, den Charme von München, ich fahre immer gerne fort, bin gerne unterwegs, aber ich komme auch jedes Mal wieder gerne heim – und das ist für mich Frankfurt.

Um mit Stoltze zu enden:
„Es will mer net in mein Kopp enei,
wie kann nor en Mensch net von Frankfort sei".

Dann heißt es noch in seinem „Frankfurt"-Gedicht:
„Und wann se bei uns sich amüsiern,
dann werd se der Abschied doppelt rührn.
Sie gebbe mer recht und stimme mit ei:
Wie kann nur en Mensch net von Frankfort sei!"

Zu guter Letzt

Zwei Achtzigjährige: Dalai Lama und Wolfgang Kaus

DANK UND FOTONACHWEIS

Ich bedanke mich für die Mithilfe an diesem Buch bei

Rainer Weiss für viele Lektoratsgespräche

Stugrapho für die Fotos auf den Seiten 8, 21, 25, 30, 35, 36, 40, 45, 46, 49, 56, 120

Peter Podolski „letztes Bild vom Historischen Garten" aus dem Buch „Unruhestand", CoCon-Verlag Hanau, Seite 43

Szenenfotos: „Alle sieben Wellen" in München, Getty Images Deutschland GmbH, Gisela Schober, Seite 51, 69

Vicenzo Mancuso, Seite 110

„Harpa" in Reykjavik, Alexander Kraus – Kapix.de, Seite 114

Bernd Kammerer (Dalai Lama), Seite 131

Frank Senftleben, Seite 7

Privat, Seite 14, 17, 34, 71, 75, 76, 78, 79, 81, 87, 94, 96, 97, 99, 103, 107, 108, 109, 121

„Gala" für die Erlaubnis zum Abdruck des Artikels über „Helene Fischer"

FNP für die Erlaubnis zum Abdruck des Textes von Sabine Börchers über den „Abschiedsabend".

Ralf Bauer für den Text „Ralf Bauer – Helmut Markwort".